Au

Catalogue du musée de peinture & sculpture de la ville de Valenciennes et du Musée Bénezech

Anatiposi

Auteur inconnu

Catalogue du musée de peinture & sculpture de la ville de Valenciennes et du Musée Bénezech

Réimpression inchangée de l'édition originale de 1860.

1ère édition 2023 | ISBN: 978-3-38270-134-5

Anatiposi Verlag est une marque de Outlook Verlagsgesellschaft mbH.

Verlag (Éditeur): Outlook Verlag GmbH, Zeilweg 44, 60439 Frankfurt, Deutschland
Vertretungsberechtigt (Représentant autorisé): E. Roepke, Zeilweg 44, 60439 Frankfurt, Deutschland
Druck (Imprimerie): Books on Demand GmbH, In de Tarpen 42, 22848 Norderstedt, Deutschland

CATALOGUE

DU

MUSÉE

DE

PEINTURE & SCULPTURE

DE

LA VILLE DE VALENCIENNES

ET

DU MUSÉE BÉNEZECH.

TYPOGRAPHIE E. PRIGNET A VALENCIENNES.

1860.

AVANT-PROPOS.

Les galeries publiques d'œuvres d'art ont presque toutes, en France, une origine commune qui ne remonte pas au-delà de la révolution ; cependant, il est juste de dire que notre ville, où le goût des arts a de tout temps été fort répandu, n'avait pas attendu la Révolution pour se créer un musée ; et la création de cet établissement est antérieure ici à celle de la plupart des collections provinciales. L'école des beaux-arts de Valenciennes, fondée en 1782, avait reçu, trois ans plus tard, des lettres d'affiliation à l'Académie royale de Paris. D'après son règlement, calqué sur celui de la société mère, tout artiste qui aspirait au titre d'académicien devait présenter un morceau de réception, et les ouvrages de tout genre, acquis par cette voie jusqu'en 1790, pouvaient déjà former un noyau de certaine importance, lorsque les événements politiques vinrent entraver, à ses débuts, un établissement déjà prospère, mais dont on ne trouvait pas les bases assez libérales (*).

On n'ignore pas qu'il avait été décrété par la Convention de réunir dans les chefs-lieux de districts toutes les œuvres d'art, les bibliothèques, etc., confisquées au profit de la nation; l'inventaire suivant, conservé aux archives de la commune, donnera une idée de l'importance des collections rassemblées à cette époque. Bien des objets ont disparu sans qu'il ait été possible d'en retrouver la trace; nous avons donné aux autres, pour aider à les faire reconnaître, le numéro qu'ils portent dans le présent catalogue.

(*) Voici les noms des académiciens nommés sous l'ancien régime et dont les ouvrages ont été conservés : Louis Watteau, 5 décembre 1785.—Olivier Lemay, id.—J.-M. Renaud, 22 août 1787.—Ph.-J. Dumont, 7 septembre 1787.—Louis Lempereur, graveur, 1er octobre 1787. — Durez, 17 juillet 1788.

Après la réorganisation de l'Académie, en 1810, on trouve encore, avec le titre d'académicien, Milhomme et M. Abel de Pujol, reçus le même jour, 19 août 1814, l'un pour le bas-relief de son grand prix de Rome, l'autre pour le tableau de *Cicéron plaidant pro Ligario:* MM. Henri Lemaire, Fr. Cellier, Baisier, Potier, Grandfils, Bernard. D'autres artistes, comme MM. Crauck frères, Carpeaux, Hyolle, ont également rempli les conditions imposées, en envoyant de leurs œuvres, mais soit qu'ils aient oublié d'en faire la demande ou que le règlement sur ce point soit tombé en désuétude, on a négligé de leur conférer le titre auquel ils avaient droit.

PROCÈS-VERBAL

d'inventaire des tableaux existant au Salon académique de Valenciennes, dressé le 17 prairial, 9me année républicaine.

L'an neuvième de la République, une et indivisible, le 17 prairial, dix heures du matin, Nous, Maire et Adjoint de la ville de Valenciennes, en vertu de notre arrêté du jour d'hier, nous sommes transportés au Salon académique accompagnés du citoyen Hécart, secrétaire de la mairie, et du citoyen Desart, conservateur du Musée, où étant avons procédé, après l'ouverture faite par le citoyen Honnis, serrurier en cette commune, sur la réquisition du citoyen Tuillet, juge-de-paix de l'arrondissement du couchant, présent avec nous, et à l'intervention des citoyens Momal et Cadet de Beaupré, qui ont eu la direction dudit Salon, à l'inventaire des tableaux y existans, et avons trouvé,

SAVOIR :

Tableaux provenant de l'abbaye de Saint-Amand.

Un tableau peint sur toile par P. P. Rubens, représentant Saint Etienne lapidé, de 13 pieds 3 pouces de haut, sur 8 pieds 6 pouces de large (165).

Un autre tableau peint sur bois du même artiste, étant à deux faces. D'un côté représente l'annonciation et de l'autre la mort de Saint Etienne, de 12 pieds 8 pouces de haut, sur 8 pieds 2 pouces de large (164. 166. 167).

Le Christ couché sur les genoux de sa mère, figure à demi-corps de l'école flamande, peint sur bois, de 3 pieds 1 pouce de haut, sur 2 pieds 3 pouces de large.

Remis aux marguilliers de la paroisse St-Nicolas. Reçu n° 1.

Un tableau sur toile représentant l'union fait la force et produit la paix et l'abondance, peint par Abraham Jensens (*), de 4 pieds 7 pouces, sur 3 pieds 6 pouces (174).

Remis en l'an IV à l'administration du canton.

Un tableau représentant Saint Etienne en habit de diacre et à demi-corps, peint par X..., de 4 pieds 6 pouces, sur 4 pids (194).

Remis à la bibliothèque du Musée.

Tableaux de l'église des Dominicains.

Un tableau sur toile, ci-devant au maître-autel, représentant le Christ en croix entre deux larrons, de 11 pieds 6 pouces de haut, sur 8 pieds 6 pouces de large, peint par Abraham Jensens.

Remis aux marguilliers de St-Géry, par ordre du préfet.

Un tableau sur toile, représentant Notre-Dame du Rosaire, accompagnée d'un moine de leur ordre, peint par Crayer, de 8 pieds de haut, sur 6 pieds de large (61).

Remis dans le corridor du musée et ensuite aux marguilliers de St-Nicolas.

De la paroisse de Saint-Jacques.

Un tableau sur toile, peint par Ant. Van Dyck, représentant la décollation de Saint Jacques et Saint Philippe, provenant de la chapelle de la confrérie de Saint Jacques de Valenciennes, de 5 pieds 10 pouces de haut, sur 4 pieds 6 pouces de large (72).

Remis aux marguilliers de St-Nicolas. Reçu n° 1.

(*) M. Potier, dans son livret, a placé ce tableau sous le nom de *B. Spranger*, et quoique cette attribution soit conservée dans le présent catalogue, nous devons avouer qu'elle nous paraît moins vraisemblable que l'autre.

De la paroisse de la Chaussée.

Un tableau sur toile, représentant une descente de croix, de l'école de Rubens, de 10 pieds 6 pouces, sur 5 pieds 6 pouces.

Remis dans le corridor du musée et ensuite aux marguilliers de St-Géry, par ordre du préfet. Reçu n° 2.

De l'abbaye de St-Jean de Valenciennes.

Un tableau sur bois, représentant une sainte famille, peint par Martin de Vos, de 5 pieds 10 pouces, sur 5 pieds 8 pouces (193).

De la chapelle St-Grégoire, derrière St-Géry.

Un tableau sur toile, représentant une descente de croix, attribué à Diepenbeck, de 55 pouces, sur 44 de large.

Tableaux de M. de Pujol.

Un tableau sur toile, représentant des enlèvements de Nymphes par des Tritons, avec un Polyphème et plusieurs amours, d'après Le Poussin, de 48 pouces, sur 36 de haut.

Un tableau, joli paysage avec figures, peint sur toile, par un bon maître français, de 45 pouces, sur 32 de large.

Un tableau sur toile, représentant Agar consolée et secourue par un ange dans le désert, dans la manière de Natoire, de 48 pouces, sur 37 de large.

Un tableau, vue d'un intérieur de maison, une femme entourée de plusieurs ustensiles de ménage, attribué à Ricart, de 25 pouces, sur 20 de large.

Deux tableaux sur toile, peints par Coypel, de 15 pouces de haut, sur 12 de large, l'un représentant

Renaud et Armide, et son pendant, Angélique et Médor.

Un tableau sur cuivre, représentant divers attributs de guerre, peint par Kissel, 10 pouces sur 7.

Un tableau de gibier, peint par Griff, de 24 pouces sur 21.

Un tableau sur toile et collé sur bois, représentant Saint André en croix, grand comme nature, à demi-corps, peint par le Tintoret, de 28 pouces de haut, sur 24 de large.

Un paysage sur bois, avec figures, représentant les disciples d'Emaus, peint par Breugel, de 20 pouces, sur 12 pouces de hauteur.

Un tableau sur toile, représentant la Vierge et son fils tenant une rose, attribué à Lecaze, de 18 pouces de haut, sur 14 de large.

Une bataille peinte sur cuivre, marqué P. L. C., de 6 pouces de large, sur 4 de haut.

Un dessin sous verre, étude de cheval, par Parocel, dessiné à la pierre noire, de 12 pouces, sur 11 de large.

Un tableau représentant une grotte où passe une procession, peint sur bois, par Breugel, de 33 pouces, sur 30 de haut.

Deux tableaux, l'un un concert et l'autre un intérieur d'une tabagie, de 21 pouces sur 18, par un bon maître.

Un tableau représentant une Magdeleine, de 40 pouces de haut, sur 30 de large, sur toile.

Huit tableaux, paysages, dans la manière de Breughel, sur toile, de 2 pieds 6 pouces, sur 2 pieds de haut.

Deux paysages sur bois, de 7 pouces, sur 6 pouces 1|2.

Un tableau sur toile, collé sur bois, représentant un bouquet de fleurs, par Baptiste, de 18 pouces sur 10.

Un paysage sur bois, fendu en deux pièces, de 28 pouces sur 17.

Deux têtes d'Empereur en bas-relief, de marbre blanc, en rond, de 10 pouces.

Une tête de bronze sur un fond de marbre blanc, représentant Henri IV.

Tableaux et dessins de M. de Ramsault.

Une gouache et aquarelle, sous verre, représentant la ville et fortifications de Nord-libre. On y voit, sur le devant, plusieurs généraux à cheval, peint par Van der Meulen, de 15 pouces, sur 13 de large (260).

Deux dessins sous verre, à la pierre noire, attribués à Lantara, paysages de 5 pouces sur 4 (277. 278).

Six dessins sous verre, étude par Ant. Watteau, à la pierre noire et au crayon rouge, de 10 pouces sur 7.

Un dessin sous verre, représentant plusieurs amours, dessiné et lavé à l'encre de la Chine, par Eisen, de 6 pouces sur 3.

Un tableau, paysage, une laitière et plusieurs animaux, de 40 pouces sur 22.

Un tableau, vases et fruits, peints par...... (marqué D. M.), de 21 pouces sur 24.

Un tableau représentant une Vestale allumant le

feu sacré, par un peintre de l'école française, de 22 pouces sur 18.

Tableaux de M. Rousseau de l'Aunois.

Un tableau, esquisse sur bois, représentant un Christ; au pied de la croix Saint François à genoux; de l'école de Rubens, de 23 pouces, sur 13 de large (163).

Un tableau représentant une descente de croix, attribuée à Sébastien Bourdon, sur toile, de 19 pouces, sur 15 de large.

Uu tableau, paysage, représentant une chasse, attribué à Wouvermans, de 23 pouces de large, sur 17 de haut (203).

Un tableau sur bois, représentant des voyageurs attaqués par des voleurs, peint par ......, de 18 pouces, sur 12 de haut (90).

Un tableau d'une tête coiffée d'un turban, peint sur bois, par ....., de 20 pouces de hauteur, sur 16 de large (81).

Un tableau représentant une Vierge entourée de plusieurs enfants, peint sur cuivre, dans la manière du Corrège. Il se trouve une marque frappée sur le cuivre. A de hauteur 17 pouces, sur 13 de large. (183).

Deux tableaux peints sur bois, représentant des intérieures d'église; dans l'un d'eux on y voit un prêtre donnant la bénédiction, peint par Peeter Neefs, de 13 pouces, sur 9 de large (122 123).

Un tableau peint sur bois, fendu à deux endroits, Saint Antoine dans le désert, attribué à David Teniers, de 14 pouces de haut, sur 11 de large (176).

Deux tableaux peints sur bois, représentant des

saints, par D. M. Endommagés. De 23 pouces, sur 19 de large.

Deux tableaux, l'un représentant un divertissement et l'autre une dispute, par Bredel, de 14 pouces sur 10.

Un tableau représentant Hérodias tenant la tête d'Holopherne (*), dans la manière de Grimout, de 30 pouces de haut, sur 27 de large (55).

Deux tableaux représentant des batailles, peints par Bredel, de 21 pouces sur 15. (28. 29).

Deux tableaux représentant des têtes d'apôtres, de grandeur naturelle, peints sur bois, de 23 pouces sur 18 (240. 241).

Tableaux de M. Delecambier.

Deux tableaux, l'un passage du Rhin et l'autre un siége, peints sur bois, par Martin, de 42 pouces sur 26.

Un tableau représentant une marine, de l'école hollandaise, sur toile, de 17 pouces sur 14 (135).

Tableau de Mme Ve Werchy.

Un tableau représentant deux gueux, attribué à Ricart, de 46 pouces sur 38 (168).

Tableaux de M. Henry, imprimeur.

Deux portraits sous verre, peints en pastel, de 26 pouces sur 20 (104. 105).

Deux tableaux de fêtes galantes, peints sur bois, par Lancret, de 32 pouces sur 18.

(*) Pourquoi pas Judith tenant la tête de S. Jean-Baptiste? On ne sait trop sur quoi s'est fondé M. Potier en attribuant cette toile à Piètre de Cortone.

De M. Dewez.

Un dessin sous verre, lavé à l'encre de la Chine et bistre, représentant un port, de 14 pouces sur 9.

Tableaux de M. de Vendegies.

Un tableau, marine hollandaise sur bois, de 26 pouces sur 14.

Un tableau, paysage, sur toile, peint par Bibiane, de 18 pouces sur 22.

Deux tableaux sur toile, représentant des batailles, de 14 pouces sur 10.

Un tableau, esquisse représentant une Magdelaine, sur toile, de 22 pouces sur 14 (73).

Deux tableaux, paysages, sur bois, de 10 pouces sur 8.

Un tableau représentant un marché dans une ville, sur bois, de 18 pouces sur 13 (124).

Un tableau, esquisse sur toile, par Watteau, de 15 pouces sur 13.

Tableaux de M. Bouchelet.

Deux tableaux de chevaux, peints par Van Bloom, sur toile, de 21 pouces sur 16 (20. 21).

Un tableau sur toile, représentant des paysans jouant aux cartes, de l'école d'Italie, de 21 pouces sur 16.

Un tableau, portrait peint sur bois, par un bon maître, de 24 pouces sur 18.

Deux paysages sur bois, de 11 pouces sur 8 de large, de l'école flamande.

Tableaux de M. Dupont-de Castille.

Deux tableaux représentant une halte et son pendant, peint par Van Bloom, sur toile, de 30 pouces sur 24 (18. 19).

Tableaux de M. D'Orgeville.

Quatre tableaux représentant les quatre heures du jour, par Louis Watteau, de 30 pouces, sur 24 de hauteur (196. 197. 198. 199).

Un tableau représentant un divertissement champêtre, dans le genre galant, par Watteau fils, de 26 pouces de large, sur 21 de haut (201).

Tableaux de M. Lamoninary.

Un tableau, peint sur cuivre, représentant une Vierge, belle copie d'après Raphaël, de 18 pouces sur 15.

Rendu ensuite de délibération de l'administration municipale de l'an 8, audit Lamoninary, réintégré.

Tableau de M. Debavay, avocat.

Un tableau sur toile, représentant *le Roi boit*, attribué à Jacques Jordaëns, de 9 pieds sur 5.

Tableaux du duc de Croy, venant de Condé.

Un tableau sur toile, représentant un concert, peint par Valentin, de 82 pouces de large, sur 58 de haut (182).

Un tableau, portrait en pied de deux enfants, peint par Porbus, de 55 pouces sur 41. Sur toile (143).

Un tableau de famille, représentant une fête, de 24 pouces sur 18 de haut, de l'école française (63).

Un tableau sur bois, représentant les enfants de Niobé, de 36 pouces sur 27 de haut, de l'école d'Italie (160).

Un tableau, portrait en pied de la duchesse de Croy, peint par Porbus, sur toile, de 64 pouces sur 38 (142).

Un tableau, figures en costume espagnol, représentant des Bohémiennes, de 64 pouces sur 42, de l'école d'Italie (134).

Deux tableaux, genre de nature morte, ou reste de déjeûner, sur bois, de 21 pouces sur 14 (84 85).

Deux tableaux, un sur bois et l'autre sur toile, représentant des oiseaux morts, peints par Griff, de 21 pouces sur 17, et l'autre de 22 sur 14.

Un tableau, peint sur bois, représentant Diane au bain, de l'école d'Italie, de 27 pouces sur 19 (99).

Un tableau représentant un Espagnol pinçant de la guitare, de 21 pouces sur 16, d'un maître italien.

Un tableau, portrait de femme en pied, dans la manière de Porbus, sur toile, de 20 pouces sur 14 (144).

Deux tableaux, marine, trouvés chez le duc de Croy, venant de M. Desmoutier, de Nord-libre, peints sur bois, de 18 pouces sur 13, de l'école d'Anvers (136. 137).

Un tableau, marine, sur bois, de l'école hollandaise, de 14 pouces sur 12 de haut.

Deux tableaux sur toile, paysage et vaches, attribués à P. Potter, de 11 pouces sur 9 (14. 15).

Un tableau sur bois, clair de lune, de l'école d'Italie, de 12 pouces sur 9 (73 *bis*).

Une marine, sur toile, de l'école d'Anvers, de 15 pouces sur 12.

Deux tableaux, paysages, sur bois, de 9 pouces sur 8.

Un tableau, paysage et vaches, de 14 pouces sur 11, dans la manière de Berghem (16).

Un tableau représentant un intérieur de cabaret, sur bois, de 12 pouces sur 15, de l'école hollandaise.

Un tableau sur cuivre, représentant une Vierge entourée de fleurs, de l'école d'Italie, de 18 pouces sur 23 (178).

Un tableau, marine, sur toile, de 15 pouces sur 12.

Un Christ d'ivoire, attaché sur un fond de velours noir, de 20 pouces de proportion (429).

Trois bronzes, savoir : le groupe du Laocoon ; un Hercule portant une colonne ; et l'autre un Mars, hauteur de 19 pouces (430. 431. 432).

Sur la représentation faite par le Maire d'un autre inventaire de tableaux remis aux citoyens Momal et Richard Fernet, il a été produit par le citoyen Cadet de Beaupré, un acte dont copie est cy à la suite, constatant que le surplus des objets ayant été reconnu de peu de valeur avoit été retiré de leurs mains pour être mis dans les corridors du musée où ils existent encore, sauf qu'il en a été remis une partie aux individus rayés de la liste des émigrés, en vertu d'arrêté d'administration municipale.

Copie de l'acte sus-mentionné.

Vu l'arrêté pris par nous le premier pluviôse an VI, par lequel il est ordonné aux citoyens Momal et Cadet de Beaupré de remettre au citoyen Cretu, gardien des objets d'art et de bibliographie déposés au second étage du collége de cette commune, les estampes et tableaux de peu de valeur dont ils sont dépositaires, et de faire placer dans la salle d'exposition les tableaux qu'ils jugeront les meilleurs;

Nous, ex-administrateurs municipaux de la dite commune, déclarons que cette mesure a été exécutée, et qu'en conséquence lesdits citoyens Momal et Cadet de Beaupré sont bien valablement déchargés de tous les objets repris aux catalogues précédemment formés, à l'exception de ce qui est repris à l'inventaire qui a été fait lors de la translation, dont le double a été déposé dans les bureaux de l'administration municipale, et dont copie a été adressée dans le temps par le commissaire du Directoire près notre ci-devant administration, à celui près le département du Nord. En conséquence, avons donné la présente auxdits citoyens Momal et Cadet de Beaupré pour leur servir au besoin.

A Valenciennes, le 26 pluviôse, 9me année républicaine.

Signé: HOUREZ, C. VERDAVAINNE, ex-com.,
et HÉCART, secrétaire en chef.

De tout quoi nous avons dressé et signé le présent procès verbal d'inventaire, en la salle d'exposition de l'Académie de peinture,

Les jours, mois et an susdits, et dont une expédition sera remise aux citoyens Momal et Cadet de Beaupré pour leur décharge, et une autre au citoyen Desart, conservateur du musée.

Sont signés: MOMAL, prof. de peinture, CADET DE BEAUPRÉ, prof., Joseph DESARS, Ant. PROUVEUR et HECART, secrétaire de la mairie.

Pour copie conforme,
Ant. PROUVEUR.

Des objets mentionnés dans la liste qu'on vient de lire, quelques-uns se perdirent par accident ou autrement ; d'autres, en plus grand nombre, furent remis à leurs propriétaires au retour de l'émigration, comme la collection tout entière de M. de Pujol ; néanmoins, ce qui restait composait déjà une galerie des plus présentables. Qu'aurait-ce donc été si on avait suivi à la lettre les instructions du gouvernement ?

L'abbaye de Saint-Amand, en effet, est à peine représentée dans cet inventaire par quatre ou cinq tableaux, ce qui est une dérision. Le contingent des paroisses de la ville y est également des plus minimes, et l'on ne trouve rien de Vicogne, d'Hasnon, de Crespin, de St-Saulve et autres maisons religieuses de la contrée. Nos annales, il est vrai, ne laissent pas supposer qu'il y eût dans ces monastères d'œuvres réellement supérieures, mais il n'en manquait pas, en revanche, de fort curieuses au point de vue de l'histoire artistique du pays.

Hasnon, décoré autrefois par Arnould de Vuez, l'avait été plus récemment par Danezan et C. Cellier; Schleiff s'était fait un nom par les travaux dont il enrichit l'abbaye de Vicogne, où se voyaient aussi les meilleures productions d'Adam Lottmann ; mais de tous ces ouvrages, ce qui n'a pas été détruit se trouve dispersé, et il n'est pas rare d'en rencontrer des débris chez des particuliers ou dans les églises des campagnes.

Ce n'était rien que d'avoir de quoi former un musée, si l'on manquait d'un local convenable pour le recevoir, et malheureusement, bien des années devaient se passer avant qu'on eût l'idée d'en disposer un. Les salles de l'Académie, aujourd'hui si complètement insuffisantes, étaient alors trop vastes pour les rares élèves qui suivaient encore les leçons des professeurs ; on en profita pour y entasser provisoirement, les unes sur les autres, une partie de ces toiles dont l'importance n'était pas suffisamment appréciée. Le reste encombrait les corridors et le grenier du collége. L'on raconte que l'espièglerie des jeunes dessinateurs ne respecta pas toujours ces modèles destinés à leurs études, aussi les conservateurs laissèrent-ils sans trop de regret partir les plus belles de ces peintures pour aller décorer les temples que le concordat venait de rouvrir au culte catholique. On crut sans doute qu'elles seraient là mieux protégées que dans un magasin; par malheur il n'en fut rien, et c'est ici le cas de répéter le mot de Boileau :

> Souvent la peur d'un mal nous conduit dans un pire.

Tout le monde en conviendra en voyant l'état déplorable dans lequel se trouvent les tableaux qui ont survécu.

Le document suivant, tiré des archives communales comme le premier, nous a paru bon à publier, parce qu'on y trouve la liste exacte des tableaux prêtés aux fabriques à cette époque et l'indication du lieu de dépôt.

Note des tableaux délivrés aux paroisses.

1° Trois tableaux : l'*Assomption*, — la *Fuite en Egypte*, — la *Visitation* (*a*). Peintres inconnus; tableaux de peu de valeur.

Remis le 4e jour complémentaire, an X, au desservant provisoire de Notre-Dame, par ordre de M. le Maire.

2° Un tableau représentant Sainte Barbe, de Perrin, peintre de Valenciennes (*b*).

Remis le 4 prairial an XI, au curé d'Anzin, par ordre de M. le Maire, autorisé par M. le préfet.

3° Un tableau représentant Saint Bernard offrant l'hostie à un duc d'Aquitaine, de Perrin, peintre de Valenciennes (*c*).

Remis le .... prairial an XI, aux marguilliers de Saint-Nicolas, par ordre de M. le Maire.

4° Deux tableaux, l'un représentant l'*Assomption*, l'autre la copie de la décollation de Saint Jacques (*d*).

5° Cinq tableaux représentant une cène, une descente de croix, une Notre Dame, une Magde-

(*a*) L'Assomption se voit encore au chœur de N.-D.; les deux autres tableaux ont été déposés, faute de place, dans un grenier de l'hôpital général.

(*b*) Il faut sans doute lire Gérin. Ce tableau décore le maître autel de l'église d'Anzin.

(*c*) Cette fois l'erreur du rédacteur de la note n'est pas tolérable, car la grande et belle composition dont il s'agit porte en toutes lettres la signature de *Martin Pepyn*, peintre flamand, contemporain de Van Dyck.

(*d*) Dans un grenier de l'hôpital général.

leine et un Saint François. Tableaux de peu de valeur (*e*).

Remis le 11 messidor an XI, aux marguilliers de Notre-Dame, par ordre de M. le Maire.

6° Deux tableaux représentant l'*Adoration des Mages*, de Martin de Vos, l'autre une *Descente de croix*, de l'école de Rubens, tirés du musée (*f*).

Remis le 3 vendémiaire an XII, aux marguilliers de Saint-Géry, par ordre de M le préfet du 20 thermidor an XI.

7° Deux tableaux de nulle valeur.

Remis le 13 thermidor an XII, au curé de Brillon, par ordre de M. Desmoutiez, conseiller de préfecture.

8° Un tableau, tiré du musée, représentant la passion de notre Seigneur (*g*).

Remis le 4 vendémiaire an XII, aux marguilliers de Saint Géry, par ordre de M. le préfet.

9° Deux tableaux, tirés du musée, représentan le premier la *Décollation de Saint Jacques*, de Van Dyck ; le second un *Christ sur les genoux de sa mère*, de l'école flamande (*h*).

Remis le 5 floréal an XIII, aux marguilliers de St-Nicolas, par ordre de M. le préfet, du . . . nivôse an XIII.

(*e*) Dans un grenier de l'hôpital général.

(*f*) Ces deux tableaux sont certainement les plus remarquables de St-Géry. Celui de Martin de Vos a de plus, pour nous, un intérêt historique, parce que l'auteur était allié à une famille illustre de Valenciennes. Simon Leboucq raconte que cette composition, exécutée pour l'église de N.-D. de la Chaussée, avait coûté cinq cents florins.

(*g*) Cette toile, de Janssens, se voit encore à St-Géry.

(*h*) Une seule de ces peintures a été replacée au musée, c'est celle de Van Dyck. L'autre, qui reste à l'église, est attribuée par quelques personnes, mais sans fondement suivant toute apparence, à Otto Venius, le maître de Rubens.

Le 7 brumaire an XIV, le conservateur du musée fut autorisé à remettre de nouveau, aux fabriciens de Saint Nicolas, deux tableaux, encore existants aujourd'hui, dont l'un représente l'*Adoration de Jésus par les bergers*, et l'autre *Saint Dominique aux genoux de la Vierge*.

Si l'on veut savoir maintenant avec quel respect ces toiles etaient traitées par ceux qui s'en trouvaient dépositaires, il faut lire les lignes suivantes qu'écrivait M. Vitet, inspecteur des monuments historiques, dans un rapport adressé à M. le ministre de l'intérieur, peu de temps après la révolution de 1830. Mais d'abord il est juste de dire que si le savant archéologue était avec raison indigné de la manière absurde dont le triptyque de Rubens avait été dépecé, dans le but de faire *trois tableaux avec un seul*, il avait tort, d'un autre côté, d'accuser les marguilliers de Saint Géry de ce vandalisme. Les Bénédictins de Saint Amand en étaient les vrais coupables, car on voit, par le premier des documens ci-dessus, que le musée avait été censé recevoir *deux* tableaux de Rubens, dont l'un sur bois et *peint sur les deux faces*.

« Quelque ingénieuse que soit cette idée, de faire trois tableaux avec un seul, je désire vivement qu'on en fasse le sacrifice et que le tableau soit rétabli dans son ancienne disposition ; cela est d'autant plus urgent que le tableau *tournant* étant placé à une assez grande hauteur, le bedeau pour le faire virer de bord n'a d'autre moyen que de le pousser avec ce grand bâton à éteignoir dont on se sert pour éteindre les cierges. Or, comme le pivot de fer est un peu rouillé, le tableau résiste avant de se mettre en branle ; alors le bedeau fait effort et ce n'est qu'après trois ou quatre bons coups d'éteignoir qu'il décide le malheureux tableau à pivoter ; ajoutez que cette cérémonie se renouvelle chaque fois qu'il vient un curieux dans l'église et vous ne serez pas surpris que les angles inférieurs du tableau, tout criblés de coups, soient à demi dépouillés de peinture.

« Pour mettre un terme à cette barbarie, il faut que le tableau soit rendu à son état primitif. Que si la fabrique de St-Géry tient à avoir deux tableaux derrière son maître autel, le gouvernement ne pourrait-il lui en envoyer deux, quatre même qui auraient le mérite d'être bien neufs et bien frais ? Les trois Rubens réduits en un seul conviendraient mieux à un musée qu'à une église. En tout cas, il est urgent pour le salut de ce chef-d'œuvre, qu'il ait un autre conservateur que le bedeau de Saint-Géry. »

Puisque l'occasion nous amène à parler des Rubens, c'est le cas de placer ici deux pièces que nous croyons inédites et qu'il aurait été incommode d'imprimer dans le corps du catalogue à l'article qu'elles concernent. Elles sont relatives aux démarches que fit la ville de Saint-Amand pour obtenir que ces chefs-d'œuvre lui fussent restitués.

Le corps municipal de la ville de Valenciennes,

A Son Altesse Impériale le prince Louis, grand connétable de l'Empire.

Monseigneur,

Sur la demande faite hier en votre présence au maire de cette ville par plusieurs habitants, et notamment par M. le curé de Saint-Amand, de deux tableaux faisant partie du musée de Valenciennes,

Nous prenons la respectueuse confiance d'adresser à Votre Altesse Impériale les observations suivantes :

Une Académie de peinture et de sculpture fut fondée en cette ville le 9 décembre 1782; elle a reçu ses statuts et réglement du directeur et ordonnateur général des Académies, le 1er mars 1785, et des lettres d'affiliation à l'Académie de Paris lui furent expédiées le 1er octobre de la même année.

Lors de la supression des ordres religieux, les tableaux dont il est question, qui appartenaient aux Bénédictins de St-Amand, devinrent une propriété nationale.

Ils ont été transférés, par ordre de l'administration, au musée de cette ville. Le gouvernement impérial, protecteur des beaux-arts, accorde journalièrement aux diverses Académies de l'Empire les tableaux qui ne peuvent être placés au musée impérial à Paris.

La ville de Valenciennes sollicite également sa part aux bienfaits du gouvernement pour augmenter la très petite collection de tableaux de son Académie, et ce serait anéantir l'émulation des élèves qui y font leurs cours, que de priver cette ville des deux meilleurs modèles qu'elle possède, qu'elle a sauvés des fureurs du vandalisme et qui lui ont coûté beaucoup de dépenses en frais de transport, de réparation, et de replacement.

D'après ces motifs, l'administration municipale de Valenciennes ose espérer que Votre Altesse Impériale refusera d'employer sa protection pour appuyer la réclamation des habitants et de M. le curé de Saint Amand, auxquels ces tableaux n'ont jamais appartenu.

Voici la réponse faite à cette pétition par le père de Napoléon III :

A MM. les membres de l'administration municipale de Valenciennes.

Aux eaux de St-Amand, le 29 messidor an XIII
(18 juillet 1805).

J'ai lu, Messieurs, vos observations sur la demande qui m'a été faite par les habitants et le curé de St-Amand. Malgré ma disposition à obliger cette commune, je ne veux pas le faire au détriment de la ville de Valenciennes. Puisque vous jugez que les tableaux réclamés sont nécessaires à la collection dont ils font partie, je ferai ce que vous désirez, et ce sera un plaisir pour moi de vous donner cette marque de toute ma considération.

Louis Bonaparte.

Les autres toiles, quelle qu'en fût la valeur, n'eurent pas un meilleur sort que les pauvres Rubens ; les blessures mal cicatrisées du *Martyre de Saint-Jacques*, le délabrement du beau Martin de Vos, de St-Géry, sont entre autres des preuves sensibles de l'incurie des dépositaires. Quant à la dernière de ces toiles, l'une des œuvres capitales du maître, son état de dégradation est tel qu'il faut s'attendre à la voir périr entièrement dans un terme prochain, si l'on ne se hâte d'y porter remède.

Au moment où fut dressé l'inventaire reproduit ci-dessus, l'administration s'efforçait d'établir un semblant d'ordre dans la collection. Quelques médiocrités furent éliminées et les meilleures choses mises en lumière ; mais ce n'est qu'après la réorganisation de l'Académie, en 1810, que l'on s'occupa sérieusement du musée et que l'on avisa aux moyens de nettoyer et de restaurer les peintures.

Quelques années auparavant, on avait replacé dans la salle d'audience du Tribunal de première instance, l'énorme tableau de Van der Meulen que M. de Pujol, vers la fin de son administration, avait fait détacher de son cadre et rouler soigneusement, pour qu'il ne se détériorât pas davantage contre une muraille humide (*). Comme il menaçait de tomber en lambeaux, le maire Benoist reconnut qu'il était urgent de le confier à un homme habile dans l'art du restaurateur et demanda sur ce sujet l'avis du célèbre Milhomme. Voici la réponse de cet artiste :

« Paris, 29 décembre 1810.

« Monsieur le Maire,

« J'ai communiqué le dessein que vous avez de faire restaurer le tableau de Van der Meulen, à Monsieur David, baron d'Empire, premier peintre de Sa Majesté l'Empereur et Roy ; d'après plusieurs observations, nous avons pensé qu'on pourrait le confier à M. Abel, qui vient de faire un tableau qui est en ce moment exposé au Salon (**). M. David

(*) Voir, n° 114, une lettre relative à cette opération.

(**) Le *Pro Ligario* du Palais de Justice.

se propose de surveiller M. Abel dans ses opérations; nous avons pensé que quatre mille francs seraient la récompense de M. Abel, vu que le tableau a besoin d'être rentoilé. Je vous engage à le faire faire le plus promptement possible, pour votre gloire et celle de la ville de Valenciennes.

« Je suis, Monsieur le Maire, etc.

« Aimé MILHOMME.

« P.-S. — J'en ai parlé à Monsieur le directeur général, ministre des arts, qui désire bien le voir restaurer et envoyé à Paris, pour que M. Abel soit guidé par son maître et où il recevra tous les conseils nécessaires pour le faire. »

La somme de 4,000 francs parut fort élevée à l'administration qui prit le parti de s'adresser autre part; Momal et Coliez, qui offraient de se charger de ce travail pour la moitié de cette somme, furent également éconduits, et l'on commit la maladresse, d'après les conseils du Préfet du Nord, d'accepter les offres d'un artiste Lillois du nom de Biot, parce que la somme demandée par lui ne s'élevait qu'à 1,030 fr. Mais l'opération, interminable entre ses mains, dura jusqu'aux premières années de la Restauration; elle fut mal conduite, quoique Watteau fils eût promis de la surveiller; des frais imprévus survinrent et l'on arriva à donner pour un assez mauvais travail à peu près le prix fixé par Milhomme. Néanmoins, l'existence du tableau était assurée, et il n'en coûterait pas trop aujourd'hui pour le remettre tout-à-fait en bon état.

Nous avons dit que l'organisation réelle du musée

ne datait que de 1810 ; encore était-elle bien imparfaite. Une partie seulement des toiles que possédait la ville avait été distribuée dans les quatre petites salles qui réunissent aujourd'hui les collections d'histoire naturelle et les instruments de physique. Le surplus était conservé dans les greniers ou disséminé dans l'école d'architecture (salle de lecture de la bibliothèque) et les autres locaux de l'Académie.

Tout resta dans le même état pendant près de vingt ans, sans, pour ainsi dire, recevoir d'accroissement. Il n'y avait pas alors de commission spéciale de surveillance, et, pour faire connaître combien on faisait peu de cas de ce dépôt, il nous suffira de dire qu'une misérable somme de 1,000 fr. était allouée chaque année pour l'entretien du mobilier des académies, des tableaux, du musée, et que les gages du concierge y étaient encore compris.

Tout le monde sait quelle impulsion les événements de 1830 donnèrent aux lettres comme aux beaux-arts. Le mouvement qui se préparait dans les esprits depuis plusieurs années se produisit avec force, non-seulement à Paris, mais dans les provinces, et la France entière sortit de la léthargie où elle était plongée depuis la rentrée des Bourbons. C'est vers cette époque que l'administration de Valenciennes, sur la demande de la Société d'Agriculture, récemment fondée, institua des expositions périodiques d'objets d'art et d'industrie. La première eut lieu en septembre 1833, dans les salons du deuxième étage de l'hôtel-de-ville ; d'autres suivirent à différents intervalles, et chaque fois le musée s'enrichit de nouvelles œuvres qu'on trouvera mentionnées dans ce catalogue.

Dans le même temps, on avait transporté le musée de l'Académie à l'hôtel-de-ville, et, plus à l'aise dans ce local, on s'occupait d'y rassembler les toiles et les morceaux de sculpture épars dans les diverses salles de la mairie ; mais cela ne suffit pas. A diverses reprises déjà les artistes indignés de voir les chefs-d'œuvre de l'art confiés aux églises, s'y détériorer obscurément, sans profit pour personne, avaient fait entendre des plaintes hélas trop motivées. La commission académique s'émut ; elle fut assez heureuse pour mettre de son parti l'administration municipale, et l'on commença à guerroyer pour réintégrer au musée des objets précieux qui n'auraient jamais dû en sortir. Si l'on y parvint en partie, ce ne fut pas sans peine et sans qu'il en coûtât à la ville des sacrifices qu'à la rigueur elle aurait pu s'épargner. C'est ainsi que l'on paie encore annuellement à la fabrique de St-Géry une somme de 2,000 francs pour l'indemniser de la perte des tableaux de Rubens qui ne lui appartenaient pas.

La possession de ces richesses, une fois acquise à la ville, il fallut songer à en assurer la durée. Bien des toiles de l'ancien musée laissaient de leur côté beaucoup à désirer sous le rapport de la conservation, il était urgent d'y veiller si l'on tenait à ne pas les perdre; en conséquence on appela de Paris le plus renommé des restaurateurs de cette époque, M. Ad. Roehn. M. Jacquinot fut de son côté chargé des rentoilages et s'acquitta avec succès de cette tâche délicate.

Les tableaux restaurés, au nombre de 42, furent exposés pour la première fois en 1838, dans les salons du premier étage de l'hôtel-de-ville, et, après la clôture de l'exposition d'objets d'art et d'industrie qui eut lieu cette même année, installés au deuxième étage comme on les y a vus pendant près de 10 années.

De 1845 à 1849 le musée resta fermé et n'exista plus, pour ainsi dire, que de nom. Le mauvais état de cette partie du monument nécessitant une réparation complète, on fut réduit à emmagasiner les œuvres d'art de tout genre dans la salle dite aujourd'hui des Abeilles, pendant qu'il était procédé aux travaux de consolidation. En même temps, on modifiait la distribution de la lumière, et le local, mieux approprié aux besoins d'une galerie de peinture, fut augmenté des deux salles consacrées à la sculpture et autrefois affectées aux distributions de prix et aux concerts. Depuis ce moment, le renom de la collection, souvent visitée par les étrangers, commença à s'étendre dans le monde des arts. Elle a été l'objet de notices intéressantes dues à la plume de critiques distingués de la presse parisienne et d'année en année elle s'accroît, tant par des acquisitions que par les dons des particuliers, les envois du gouvernement et ceux des pensionnaires de la ville à l'école des beaux-arts. Il est facile de prévoir que dans un temps prochain le présent catalogue deviendra insuffisant et qu'il sera nécessaire d'en rédiger un autre, ou tout aumoins d y faire un supplément.

Comme l'existence de l'Académie de Valenciennes est en quelque sorte liée à celle du Musée, on a cru faire plaisir au public en plaçant ici quelques notes historiques, extraites des archives de cet établissement.

« L'Académie de Valenciennes date du siècle dernier. En 1782, M. de Pujol, gentilhomme, littérateur éclairé et artiste distingué, Prévôt de la ville, pénétré de cette vérité que les habitants de Valenciennes, parmi lesquels avaient surgi dans le siècle dernier des artistes remarquables à tant de titres : Antoine Watteau, Pater, le sculpteur Saly et le dessinateur Charles Eisen, étaient doués de dispositions toutes particulières pour la culture des arts, résolut de fonder en cette ville une Académie de peinture et de sculpture. En conséquence, le 3 et 4 septembre 1782, le conseil particulier de la cité fut saisi de cette question et le 9 décembre suivant, le Prévôt de Pujol, juge très-compétent dans la matière, fut autorisé à prendre tous les arrangements nécessaires pour la formation d'une Académie.

« Le 20 août 1783, à la suite d'un concours ouvert pour le choix de deux professeurs, l'un de peinture l'autre de sculpture, MM. Momal, élève de Durameau et Cadet de Beaup ré, élève de Clodion, furent nommés professeurs de l'Académie.

« Les classes furent ouvertes aux élèves en l'année 1785 dans une des salles de l'ancien collége des Jésuites, devenu propriété communale. Le 1er mars de la même année, l'Académie de Valenciennes reçut des statuts et réglements et fut affiliée à l'Académie royale de peinture et de sculpture de Paris le 1er octobre suivant, par lettres de M. le comte d'Angivilliers, directeur et ordonnateur général des bâtiments du royaume.

« Le 8 janvier 1785, le Magistrat avait fait un réglement pour le régime et la police intérieure de l'Académie, réglement encore en vigueur aujourd'hui, ainsi que les statuts primitifs, sauf quelques modifications que le temps et les circonstances ont ont nécessairement dû y apporter.

« Les cours étaient en pleine prospérité lorsque la loi qui supprimait toutes les Académies lui fut appliquée en 1792 et en fit fermer les portes. Après une lacune de quatre années, l'Académie fut ouverte de nouveau à la jeunesse qui y revint avec empressement.

« Cette école a vu sortir de son sein un grand nombre d'élèves distingués. Six d'entre eux ont obtenu à Paris le grand prix de Rome, ce sont MM. Milhomme en 1810, Abel de Pujol en 1811,

Henri Lemaire en 1821, Gustave Crauk en 1852, Jean-Baptiste Carpeaux en 1854, et Guillaume en 1855.

« M. de Pujol père eut, dans les dernières années de son existence, la douce satisfaction de voir son fils Abel, élève de l'établissement qu'il avait fondé, remporter le premier grand prix de Rome.

« En 1813, l'Académie adjoignit aux classes existantes le cours d'architecture qui a formé à la fois tant d'artistes et tant d'artisans et qui a rendu de si grands services à la cité. Son premier professeur, M. Aubert Parent, architecte et sculpteur en bois, exerca jusqu'en 1835. Il eut pour successeur M. Bernard, qui fut remplacé après son décès par M. Pétiaux, ancien élève de l'école. »

Il a été publié plusieurs catalogues du musée de Valenciennes. Le premier qui soit venu à notre connaissance date de 1832, alors que le musée se trouvait encore à l'Académie ; il est par conséquent fort incomplet. (Valenciennes, B. Henry, 1832, in-8°).

Le catalogue d'exposition d'objets d'art et d'industrie de 1838, contient aux pages 5, 6 et 7, une liste des tableaux restaurés par M. Roehn. (Valenciennes, A. Prignet, 1838, in-8°.)

Le premier livret spécial, sorti également des

presses de M. A. Prignet (1839, in-12 de 24 p.), comprenait 294 articles seulement ; mais deux ans après, M. J. Potier en fit paraître un second, augmenté de plus de 70 numéros et enrichi de nombreuses notes historiques. C'est celui qui a servi jusqu'à ce jour.

Depuis longtemps cependant il ne répondait plus qu'à moitié aux besoins et l'Académie de Valenciennes, du sein de laquelle est tirée la commission du musée, jugea qu'il était indispensable de le remplacer. Dans sa séance du 6 décembre 1858, sur le rapport de M. P. Hédouin, approuvé par M. le Maire de la ville, elle arrêta ainsi les bases du travail à faire :

Art. 1er.—Le nouveau catalogue devra être simple, subtantiel et ne contenir en général que ce qui sera de toute nécessité pour l'intelligence du dépôt d'art qu'il concerne.

Art. 2. — Il sera précédé d'un avertissement historique sur la formation, l'établissement et l'accroissement du musée de Valenciennes.

Art. 3. — L'ordre alphabétique sera adopté. La division par école devenant illusoire en ce que plusieurs écoles manquent jusqu'à présent au musée en presque totalité, telles que celles italienne et espagnole.

Ce catalogue contiendra donc :

Le nom du peintre et ses prénoms ; son lieu de naissance et les dates de sa venue au monde et de sa mort.

Une description sommaire du sujet du tableau ; sa mesure exacte en hauteur et largeur ; s'il est peint sur bois ou sur toile ; sa provenance autant que possible et la mention de la gravure qui en aurait été faite.

Pour éviter la critique, on ne donnera le nom du peintre que lorsque à cet égard il n'y aura point de doute. Les œuvres incertaines sous ce rapport seront classées sous cette dénomination : *Inconnus;* on y pourra, dans certains cas, dire « de telle école » ou « attribué à tel maitre. »

Pour la sculpture, les plâtres qui se trouvent partout et appartiennent essentiellement aux écoles, ne seront pas portés dans le catalogue. Il ne sera fait d'exception à cette règle que pour ceux reproduisant les grands prix de l'école des beaux-arts obtenus par des élèves de l'école de Valenciennes.

Le catalogue renfermera en ce genre (la sculpture) les œuvres originales en marbre, bronze, pierre et terre cuite.

Indépendamment de la peinture et de la sculpture, il existe au musée quelques objets curieux, entre autres une tapisserie de haute-lisse du 15e siècle et un grand vase de Sèvres, il faudra les comprendre dans le catalogue.

Pour les gravures et dessins on ne devra mentionner que ce qui en vaut la peine.

Il existe un inventaire des médailles à la mairie; on s'assurera de son exactitude. Ces médailles sont toutes en dehors du cadre du catalogue.

6 décembre 1858.

(Extrait du registre des délibérations de l'Académie de Valenciennes).

L. CELLIER,

Membre de l'Académie de Valenciennes et de la commission du Musée.

PEINTURE.

ADRIAENSEN, *né à Anvers. Première moitié du* XVIIe *siècle.*

1 Nature morte. Toile, h. 0 36, — l. 0 59.

Une carpe et quelques autres poissons ; des huîtres ; une brochette de petits oiseaux.

ARTOIS, Jean (Van), *né à Bruxelles en* 1613, *mort en* 16 . .

2 Lisière de forêt sur les bords d'un lac.

Au second plan à droite, on distingue quelques chasseurs suivis de leurs chiens. Toile, h. 1 52 — l. 2 43.

AUVRAY, Félix-Henri, *né à Cambrai le* 31 *mars* 1800, *médailliste de l'Académie de Valenciennes et pensionnaire de cette ville, médailliste de l'école royale de Paris, un des meilleurs élèves de Gros, mort à Paris, le* 11 *septembre* 1833.

3 Protogène peignant. Toile, h. 1 60 — l. 2 20.

Pendant le sac de la ville de Rhodes, un soldat allait massacrer l'artiste, lorsque Démétrius arrêta son bras.

4 Mort de Méléagre. Toile h. 1 12 — l. 1 50.

Couché aux pieds de la princesse Atalante, il sent sa vie s'échapper à mesure que se consume un tison auquel son destin était attaché.

5 Étude. Toile, h. 1 30 — l. 1 85.

Un homme et un enfant nus et endormis.

6 Esquisse. Toile, h. 0 31. — l. 0 39.

Mézence reconnaît son fils Lausus tué par Enée.

7 Le déserteur Spartiate.

Toile, h. 2 67 — l. 3 47.

Seul survivant des 300 héros des Thermopyles, il prit la fuite et revint à Lacédémone annoncer la mort de ses frères d'armes; mais repoussé comme un lâche par sa famille, il dut quitter la ville et répara son honneur en se faisant tuer dans un combat. — Exécuté à Rome en 1826. — Salon de 1827.

8 Avènement de Pépin-le-Bref au trône en 751. Toile, h. 4 20 — l. 5 13.

Composition d'un grand nombre de figures parmi lesquelles on remarque celles des enfants de Pépin, Charles et Carloman. — Salon de 1831.

9 **Dévouement de la princesse Sybille.**

Toile h. 2 33 — l. 2 94.

Robert Courte-Cuisse, duc de Normandie, avait été blessé, à la croisade, d'une flèche empoisonnée, et les médecins jugeaient indispensable la succion de la plaie; mais le prince, persuadé que cette opération serait funeste à qui la tenterait, refusait de s'y soumettre. Dans cette extrémité, Sybille, sa femme, lui fit donner un narcotique et profita de son sommeil pour lui sauver la vie au péril de la sienne. — Salon de 1833.

10 **Envahissement de la Convention nationale.**

Toile, h. 0 72 — l. 1 00.

Le 1er prairial, an III, le député Féraud, qui s'était élancé pour couvrir de son corps le président Boissy d'Anglas, menacé par les insurgés, tombe frappé d'un coup mortel. Aussitôt il est saisi par les cheveux, on lui coupe la tête et on la place au bout d'une pique pour la présenter au président qui s'incline et a le courage de s'écrier : *Vous êtes dans le sein de la représentation nationale.*— Esquisse.

11 **Serment prêté par Louis-Philippe Ier, comme roi des Français, le 9 août 1830.**

Toile, h. 0,72 — l. 1,00.

Après la lecture faite, par les présidents de la chambre des pairs et de la chambre des députés, des résolutions de leurs assemblées, le duc d'Orléans ayant à ses côtés les ducs de Chartres et de Nemours, ses fils, lut à haute voix la formule de son acceptation, puis s'étant levé, la tête découverte, il prêta le serment d'observer fidèlement la Charte, etc... — Esquisse.

Ce sujet et le précédent avaient été mis au concours pour la décoration de la Chambre des députés.

AVED, Jacques-André-Joseph, *né à Douai, le* 12 *janvier* 1702, *mort à Paris, le* 4 *mars* 1766.

12 Portrait de madame de Tencin.

Toile, h. 0 90 — l. 0 70.

Madame de Tencin (Claude-Alexandrine Guérin), née en 1681, morte en 1749, est représentée dans sa vieillesse, assise dans un grand fauteuil de velours vert, les mains posées l'une sur l'autre, tenant un gant et jouant avec un éventail. La tête est couverte d'une coiffe noire posée sur une autre de dentelle et nouée sous le menton. Robe de velours rouge fourrée de martre. — Cabinet du général Despinoy.

BEELDEMAECKER, Jean [attribué], *né à La Haye, en* 1636, *mort* ....

13 Oiseaux effrayés par des fouines.

Toile, h. 0 80 — l. 1 05.

BERGEN, Thierry (Van), *né à Harlem, vers* 1640, *mort en*....

14 Bétail au repos. Toile, h. 0 25 — l. 0 30.

Quelques vaches sont couchées et ruminent paisiblement. Dans le fond, sur une éminence, se dressent des fabriques rustiques.

15 Animaux. Toile, h. 0,25 — l. 0,30.

Étable installée dans des ruines antiques.

16 Coucher de Soleil. Toile. h. 0 28 — l. 0 34.

Une femme, assise au pied d'un arbre dans un pâturage, surveille des bestiaux.

BERTHON, N.. , *né à Paris.*

Portrait de Mlle Duchesnois.

Toile, h. 2 34 — l.. 1 58.

Le moment choisi par l'artiste est celui où, dans son rôle de Jeanne d'Arc, la grande actrice prononce ce vers :

« Tristes lieux, serez-vous ma dernière demeure? »

Ce portrait provient de la maison de Mlle Duchesnois, rue de la Tour-des-Dames, à Paris ; il était placé dans sa salle à manger.

BLOEMEN, Pierre-Jean-François (Van), *né à Anvers, en 1656, mort à Rome, en 1740.*

8 **Halte de voyageurs devant une hôtellerie.**

Un valet dételle leurs chevaux.

Toile, h. 0 61 — l. 0 80.

9 **Animaux.** Toile, h. 0,61 — l. 0,80.

Écurie établie dans des ruines antiques.

0 **Un maréchal ferre des chevaux devant une tente.** Toile, h. 0 40 — l. 0 60.

Une femme accompagnée d'un enfant le regarde travailler.

21 **Chevaux au repos au milieu d'un camp.**

A gauche, au premier plan, une vivandière étale des provisions. Toile. h. 0 40 — l. 0 60.

BOUDEWYNS, Antoine-François, *né à Bruxelles, seconde moitié du* XVIIe *siècle.*

BOUT, Pierre-François, *né à Bruxelles vers* 1660.

Paysages. Toiles, h. 0 54 — l. 0 60.

22 Des cavaliers accostent une villageoise.

23 Passage d'un bac.

24 Halte de voyageurs.

25 Repos dans la campagne.

Ces quatre paysages, d'égale dimension et enrichis de fabriques dans le genre italien, forment pendants; les figures et les animaux sont de la main de Bout.

BOUNIEU, Michel-Honoré, *né à Marseille en* 1740, *mort en* 1814.

26 La prière. Toile ovale. h. 0 70 — l. 0 59.

Une jeune fille habillée de blance t agenouillée, tient élevés les bras d'une enfant plus jeune, debout devant elle et vêtue d'une robe orange. Fond de paysage.

BREUGHEL, Pierre, (dit le Vieux) [attribué] *né à Breughel, près de Breda*, XVIe *siècle.*

27 Tentation de saint Antoine.

Bois. h 0 60 — l. 0 40.

Sur le premier plan, à droite, un personnage en riche costume oriental, le roi des enfers sans doute, est assis sous un dais en tapisserie; de sa main droite il feuillette un livre ouvert sur ses genoux et semble faire une conjuration ou donner des ordres à une troupe de démons aux formes les plus fantastiques, rangés autour de lui. Dans le fond, le saint ermite, précédé d'un ange, s'avance pour exorciser la troupe qui l'obsède.

Cette peinture, rehaussée d'or, qui provient de quelque abbaye du pays, formait l'un des volets d'un triptyque dont les autres parties ont disparu. En retournant le panneau sur lequel elle est exécutée, on voit un autre sujet, malheureusement détérioré, moins compliqué que le premier, mais évidemment de la même main. Celui-ci représente un monument religieux très-simple d'aspect. Près de la porte d'entrée, surmontée d'un écusson sur lequel on distingue la béquille ou *tau* emblématique de saint Antoine, un religieux est assis et médite, tandis qu'au premier plan quelques mendiants implorent des secours. Faut-il voir ici une représentation du couvent pour lequel ces tableaux ont été exécutés? A l'avis de M. Dinaux, ce serait celui d'Havret, près de Mons.

On trouve une gravure de cette tentation de saint Antoine dans les *Archives du Nord* (1843, p. 192).

BREYDEL, Charles (dit le Chevalier), *né à Anvers en* 1677, *mort à Gand en* 1744.

28 Combat contre des Turcs.

29 Combat contre des Turcs.

Toiles, h. 0 38 — l. 0 56.

30 Charge de cavalerie,

31 Charge de cavalerie. Toiles, h. 0 29 — l. 0 36.

BRIL, Paul, *né à Anvers en* 1556, *mort à Rome en* 1626.

32 Grand paysage boisé. Bois, h. 58 — l. 94.

A droite, des rochers que baigne un ruisseau. Les petites figures représentent la scène mythologique de Diane surprise au bain avec ses nymphes par Actéon qu'elle métamorphose en cerf.

Le cadre porte le chiffre de la maison de Croy-Arschot. Voir aussi n° 160, article Rottenhamer.

BRUYÈRE, E.(Mme), *née L. B.*, *et* A. CHAZAL.

33 Fleurs de toutes les saisons et raisins.
Bois, h. 1 28 — l. 0 97.

Envoi du gouvernement. (Salon de 1843)

CALLET, Antoine-François, *né à Paris en* 1741, *mort dans la même ville en* 1823.

34 Portrait en pied de Louis XVI; costume royal. Toile, h. 2 65 — l. 1 85.

Le roi est debout, couvert d'un vaste manteau cramoisi fleurdelisé, doublé d'hermine; d'une main il tient un chapeau à plumes et s'appuie de l'autre sur un sceptre.

Ce portrait, que Berwic a gravé, est l'une des meilleures productions du peintre; il a été donné à la ville de Valenciennes en 1788. Pour le soustraire au sort qui menaçait tous les tableaux de ce genre pendant les mauvais jours de la Révolution. M. Momal, alors professeur de l'Académie de peinture, usa d'adresse et peignit à détrempe sur la toile une grande figure de la Justice montrant les Droits de l'homme. Plus tard, il fut facile de remettre ce tableau dans son premier état.

CARPENTIER, Germain-Primidi, *né à Valenciennes le* 3 *décembre* 1794, *mort à Paris en* 1817, *médailliste de l'Académie de Valenciennes, pensionnaire de la ville, élève de Gros.*

35 La mort d'Hippolyte Toile, h. 1 25 — l. 1 40.

Tableau inachevé, donné par M. Brouard.

CELLIER, Célestin, *né à Valenciennes en février 1745, mort dans la même ville le 23 mai 1793, élève de Groot, peintre en décors.*

56 **La ville de Valenciennes protégeant les arts.** Toile. h. 1 23 — l. 1 13.

Tableau de concours pour la place de professeur à l'Académie de Valenciennes.

CELLIER, François-Placide, *fils du précédent, né à Valenciennes le 21 août 1768, mort le 8 août 1849, élève de son père et premier médailliste de l'Académie de Valenciennes.*

37 **Méléagre sauvant Atalante.**

Toile, h. 58 — l. 68.

38 **Une idylle.**

Un jeune homme près de sa maîtresse jouit du dépit de son rival. Toile, h. 0 70 — l. 0 82.

Tableaux de réception à l'Académie de peinture de Valenciennes.

CHAMPAGNE, Philippe (de), *né à Bruxelles en 1602, mort à Paris en 1674.*

39 **Portrait d'un seigneur mort.**

Bois, h. 38 — l. 49.

Ce tableau porte l'inscription suivante : *Obiit* 20 *septembris anno* 1625. *Ætatis suæ* 61.

CHARLET, Toussaint, *né à Paris en 1792, mort dans la même ville en 1846.*

40 **Le ravin.** Toile, h. 1 95 — l. 2 91.

Convoi de troupes, de bagages et de blessés ; à gauche, un feu de bivouac entouré de soldats malades. Campagne d'Allemagne (1809).

Donné par le ministre de l'intérieur. *L'Illustration* a publié une gravure sur bois d'après ce tableau, l'un des meilleurs du peintre. Salon de 1843.

CHATILLON, Auguste (de), *né à Paris le* 25 *février* 1811.

41 Un ramoneur. Toile, h. 0 88 — l. 0 70.

Appuyé contre une muraille, il se repose de ses fatigues.

CHÉRIER, Bruno-Joseph, *professeur à l'école de dessin de Tourcoing, né à Valenciennes le* 15 *août* 1819, *médailliste de l'Académie et pensionnaire de la ville, élève de M. Picot.*

42 La musique adoucissant les mœurs.

Toile, h. 0 80 — l. 0 75.

Projet d'un plafond allégorique pour salle de concert.

43 Portrait de Françoise Bultez.

Toile, h. 0 80 — l. 0 65.

Née à Sebourg, médaillée par la Société impériale d'agriculture de Valenciennes, pour ses actes de dévouement, premier prix Monthyon, couronnée par l'Académie française en 1852. Ce portrait a été lithographié par M. Lebrun, de Solesmes, élève de l'Académie.

COIGNARD, Louis, *né à Mayenne* (*Mayenne*).

44 Le chêne Henri IV, forêt de Fontainebleau.

Toile, h. 1 98 — l. 2 98.

Le troupeau de Chailly descend des hauteurs des Gorges après une pluie d'orage au mois de mai.
Donné par l'Empereur (Salon de 1853).

COLIEZ, Adrien-Norbert-Joseph, *né à Valenciennes le 6 juin 1754, mort dans la même ville en 1824, élève de Groot, peintre décorateur.*

5 **Vue de la porte de Famars à Valenciennes.**

6 **Même vue prise d'un autre point.**
Toiles, h. 0 52 — l. 0 80.

7 **Vue de la porte de Paris**
Toile, h. 0 48 — l. 0 66.

8 **Vue de la porte de Lille.**
Toile, h. 0 48 — l. 0 66.

9 **Eruption du Vésuve.**

30 **Eruption du Vésuve.** Toiles, h. 0 38 — l. 0 35.

31 **Paysage.** Toile, h. 1 65 — l. 1 19.
Vue du golfe de Naples; le Vésuve dans le fond jette de la fumée.

32 **Incendie de la tour Saint-Nicolas, 18 juin 1793.** Toile, h. 1 73 — l. 0 90.
Episode du bombardement de Valenciennes.

CORNELISSEN, Corneille, *né à Harlem en 1562, mort dans la même ville en 1638.*

33 **La charité.** Toile, h. 2 25 — l. 1 50.
Elle est représentée par une femme entourée d'enfants; le plus jeune repose sur ses genoux, trois autres d'un âge moins tendre jouent à ses pieds et l'un d'eux, que vient de blesser la griffe d'un chat, hurle de

douleur. Ce tableau a été acquis par le musée en 1855. Il se trouve décrit dans l'histoire des peintres de M. Ch. Blanc.

CORNU, Sébastien-Melchior, *né à Lyon en* 1804.

54 La vision du Turc. Toile. h. 1 97 — l. 1 50.

Ce pauvre fils de l'Islam, à défaut d'opium, s'est enivré avec des graines de pavot; dans son extase, il se voit entouré de houris. L'une lui prodigue des caresses, d'autres lui versent des sorbets ou l'enchantent par les sons de divers instruments; c'est une vision du paradis de Mahomet.

Ce tableau, qui figurait en 1835 à l'exposition de Valenciennes, valut à son auteur une médaille d'argent.

CORTONE, Pietro BERRETTINI (dit Piètre de) [attribué], *né à Cortona en Toscane en* 1596, *mort à Rome en* 1669.

55 Hérodiade. Toile, h. 0 92 — l. 0 70.

Elle tient sur un plat la tête de saint Jean-Baptiste.

COURTOIS, Jacques (dit le Bourguignon), *né à Saint-Hippolyte, Franche-Comté, en* 1621, *mort en* 1676.

Escarmouche de cavaliers. Toile, h. 80 — l. 55.

56 COUSIN, Jean [attribué], *né à Soucy, près de Sens,* XVIe *siècle.*

57 Le jugement dernier. Toile, h. 46 — l. 67.

COYPEL, Antoine [attribué], *né à Paris en* 1661, *mort en* 1722.

58 Toile, h. 0 50 — l. 0 40.

Pour échapper aux poursuites amoureuses d'un proconsul romain, une vierge chrétienne cherche à détruire ses attraits à l'aide d'un charbon ardent. Une autre femme considère avec effroi cette action.

CRAUK, Charles, *professeur de dessin au lycée d'Amiens, né à Valenciennes le 27 janvier* 1819, *médailliste de l'Académie et pensionnaire de la ville, élève de M. Picot.*

59 **Portrait de Louis-François Merlin d'Estreux, baron de Maingoval.**

Toile ovale, h. 0 75 — l. 0 60.

Né à Douai en 1753, créé baron de Maingoval le 14 août 1810, capitaine au régiment de la Vieille-Marine, colonel de la 14e légion de la garde nationale du Nord et enfin maire de la ville de Valenciennes, où il mourut le 22 décembre 1824. Donné par la famille.

60 **Alexandre malade.** Toile, h. 1 12 — l. 1 48.

Sans avoir égard aux bruits calomnieux dont son médecin Philippe était l'objet, il boit avec confiance le contenu de la coupe que celui-ci lui présente.

Ce tableau, exécuté en loge, obtint en 1846 le second prix de Rome; il a été offert au Musée par l'auteur, comme témoignage de sa reconnaissance.

CRAYER, Gaspard (de), *né à Anvers en* 1582, *mort en* 1669.

61 **Notre-Dame du Rosaire.** Toile, h. 2 90 — l. 2 15.

Saint Dominique reçoit un chapelet des mains de l'Enfant Jésus; sainte Cécile et sainte Marguerite sont en adoration devant le Sauveur.

Ce tableau provient de l'ancienne église des Dominicains à Valenciennes; il fut, après le concordat, déposé à l'église de St-Nicolas et retiré plus tard, comme propriété municipale, pour prendre place dans le Musée.

62 **Madeleine repentante.** Toile. h. 1 17 — l. 0 98.

Elle renonce aux vanités du monde.

CREC, C.-J. (de), 1re *moitié du* XVIIIe *siècle.*

63 **Scène de carnaval.** Toile, h 0 48 — l. 0 65.

On y voit figurer, dans les costumes traditionnels de la comédie italienne, les principaux domestiques de la maison de Croy en 1717.

Légende inscrite derrière le tableau : — Mayeu, valet de chambre de Mgr. le comte de Solre, présentant un bouquet à Mlle. Loiselet, femme de chambre de Mme. la princesse de Croy ; — Marchand, valet de chambre de Mgr. le prince de Croy, habillé en Scaramouche; — Lafaille, valet de chambre à Mme. la princesse de Croy, habillé en Mezetin, faisant l'amour à la reine du bal; — Castillion, valet de chambre de Mgr. le prince de Croy, faisant signe de son doigt en manière de silence ; — Collier, femme de chambre à Mlle Mâly, habillée en Espagnolette ; — Dufay, maitre-d'hôtel à Mgr. le prince de Croy, et Annotau, femme de chambre à Mlle de Solre, regardant ce qui se passe ; — Martiné, cuisinier à Mgr. le prince de Croy, habillé en Gille, jouant du violon ; — De Wroede, femme de chambre à Mlle. de Beaufort, habillée en Colombine, prenant un verre de vin que Waron, le cuvier, lui verse ; — Marie-

Joseph Annoteau, seconde femme de chambre de Mlle de Solre, jouant de la guitare; — Flaman, valet de chambre de Mgr. le comte de Beaufort, habillé en sot.

DAGNAN, Isidore, *né à Lyon*.

64 **Vue des environs d'Angers.**

Toile, h. 0 70 — l. 1 30.

Donné par le ministre de l'intérieur, sur la demande de M. Dumont, député (Salon de 1839).

DANGRÉAUX, Antoine. *né à Valenciennes le* 25 *mars* 1803, *médailliste de l'Académie et pensionnaire de la ville, élève de Lethière; mort à Valenciennes le* 4 *mars* 1831.

65 **Sisyphe aux enfers.** Toile h. 2 40 — l. 2 10.

66 **La marche des Incas en 1828.**

Toile h. 1 74 — l. 2 26.

DEMACHY, Pierre-Antoine, XVIIIe siècle.

67 **Ruines d'un temple, vue intérieure.**

Toile, h. 0 45 — l. 0 38.

Au rez-de-chaussée, une femme joue de la vielle en portant un enfant sur son dos; à l'étage supérieur, une famille de villageois se repose sur des gerbes de foin.

DESPORTES, François [attribué], *né à Champigneul en Champagne*, *en* 1661, *mort à Paris en* 1743.

68 **Un trompe-l'œil, attributs de peinture, etc.**

Toile, h. 1 30 — l. 1 60.

DESSAIN, Emile-François, *né à Valenciennes le* 2 *juin* 1808, *médailliste de l'Académie et pensionnaire de la ville en* 1825, *élève de Boisselier.*

69 Zenobie trouvée mourante sur les bords de l'Araxe. Toile, h. 0 73 — l. 1 00.

Paysage historique.

70 Paysage Toile, h. 1 40 — l. 2 20.

Des taureaux irrités par des chiens. Mention honorable à l'exposition de Valenciennes en 1833.

71 Paysage. Toile, h. 0 90 — l. 1 38.

Donné par l'auteur.

DYCK, Antoine (Van), *né à Anvers en* 1598, *mort à Londres* en 1641.

72 Martyre de S. Jacques et de son dénonciateur converti. Toile, h. 1 88 — l. 1 41.

Ce tableau provient de l'ancienne église de N.-D. de la Chaussée, où il décorait la chapelle des confrères de S. Jacques-le-Grand.

Déposé à St.-Nicolas après la révolution, il en fut retiré lors de la formation du Musée.

EISEN, François, *né à Bruxelles vers* 1690, *mort à Paris en* 1777.

73 Vision de la Madeleine. Toile, h. 58 — l. 40.

Des anges, portant la croix, montrent à la sainte pénitente le mystérieux symbole de la rédemption.

Ce peintre est peu connu bien qu'on ait gravé plusieurs de ses compositions. Il habita longtemps Valenciennes et donna le jour dans cette ville au célèbre dessinateur Charles Eisen, né le 17 août 1720.

ELSHEIMER, Adam, *né à Francfort-sur-le-Mein en 1574, mort à Rome en 1620.*

73 **Evocation magique au clair de la lune.**

Bois, h. 0 32 — l. 0 28.

FRANCK, Ambroise, *né à Herentals*, XVIe *siècle.*

74 **Sortie de l'arche.** Bois, h. 0 49 — l. 0 65.

Alors Dieu parla à Noë et lui dit : Sortez de l'arche, vous et votre femme, vos fils et les femmes de vos fils. Faites en sortir aussi tous les animaux qui y sont avec vous, de toutes sortes d'espèces, tant des oiseaux que des bêtes, et de tout ce qui rampe sur la terre, et entrez sur la terre : croissez-y et vous y multipliez. — Genèse, ch. 8.

FYT, Jean, *né à Anvers*, XVIIe *siècle.*

75 **Nature morte.** Toile, h. 0 67 — l. 0 74.

Lapins, Canards, etc.

76 **Nature morte.** Toile, h. 0 88 — l. 0 71.

Lièvres, perdrix.

GENNARI, Benoît, *né à Bologne en 1638, mort à Rome en 1715.*

77 **Portrait d'Hortense Mancini, duchesse de la Meilleray.** T. ovale, h. 0 78 — l. 0 58.

Corsage noir orné de dentelles, bouffettes de rubans jaunâtres sur la poitrine et sur l'épaule, manches coupées à la naissance des bras et garnies de dentelles. Cabinet du général Despinoy.

GERIN, Jacques-Albert, *né à Valenciennes,* XVIIe *siècle. Il a été le premier maître de Watteau et de Pater.*

78 Un enfant soufflant des bulles de savon.

Toile, h. 0 87 — l. 1 18.

Près de lui sont des fleurs et une tête de mort. Sujet mystique. Donné par M. Marmottan.

GOUBEAU, François, *né à Anvers,* XVIIe *siècle.*

79 Scène champêtre. Toile, h. 0 38 — l. 0 56.

GUERIN, Pierre-Narcisse (*baron*) *né à Paris le* 13 *mars* 1774, *mort à Rome le* 16 *juillet* 1833.

80 Mort du maréchal Lannes, duc de Montebello, à la bataille d'Essling, 22 mai 1809

Toile, h. 3 20 — l. 4 90.

Tableau ébauché, donné par M. Potier.

GUIDO RENI (dit le Guide), *né à Calvenzano en* 1575, *mort en* 1642.

81 Tète de femme coiffée d'un turban.

Toile, h. 0 66 — l. 0 54.

HAFFNER, Félix, *né à Strasbourg.*

82 Halte de gitanos. Toile, h. 0 97 — l. 1 30.

Donné par le ministre de l'intérieur. Salon de 1858.

HARPIGNIES, Henri, *né à Valenciennes, élève de M. Achard.*

83 **Sauve qui peut!** Toile, h. 0 96 — l. 1 60.

Petits maraudeurs surpris par un garde-champêtre.
Donné par M. A. Blanquet. Salon de 1857.

HEEM, Jean-David de, *né à Malines en* 1584, *mort à Anvers en* 1674.

84 **Des fruits sur une table.** Toile, h. 46 — l. 60.

85 **Un pâté, des fruits, des vases**
Toile, h. 0 46 — l. 0 60.

86 **Vases, fleurs, fruits et coquillages sur une table.** Toile, h. 0 94 — l. 1 22.

HOLFELD, Hippolyte-Dominique, *né à Paris le* 22 *décembre* 1804.

87 **Thésée reconnu par son père.**
Toile, h. 1 15 — l. 1 45.

Tableau de concours pour le grand prix de Rome, qui a obtenu le 2e prix en 1832 et une médaille d'argent à l'exposition de Valenciennes en 1833.

HOREMANS, Jean, *né à Anvers en* 1685, *mort en* 1755.

88 **Bal de noces dans une ferme.**
Bois, h. 0 26 — l. 0 38.

Des brigands s'introduisent dans la salle.

89 **Des brigands se livrent au meurtre et au pillage.** Bois, h. 0 26 — l. 0 38.

HUNT, H., *fin du* XVIIe *siècle.*

90 Paysage boisé. Toile, h. 0 68 — l. 1 15.

Demeures champêtres au bord d'un étang.

91 Paysage. Toile, h. 68 — l. 1 15.

Attaque de voleurs dans un chemin creux.

92 Paysage. Toile, h. 35 — l. 50.

Attaque de voleurs.

Ces trois tableaux proviennent du château de l'Ermitage, appartenant à la famille de Croy. Ils portent sur le cadre le chiffre de cette maison.

HUYFF, Jean, *né en Hollande*, XVIIe *siècle.*

93 Marine. Toile, h. 0 30 — l. 0 45.

94 Marine. Toile, h. 0 30 — l. 0 45.

JOLLIVET, Pierre-Jules, *né à Paris le* 29 *juin* 1803.

95 Un miquelet espagnol. Toile, h. 43 — l 36.

Il garde des brigands faits prisonniers dans un engagement.

Mention honorable à l'exposition de Valenciennes en 1833.

JORDAENS, Jacques, *né à Anvers en* 1594, *mort dans la même ville en* 1678.

96 Le roi boit. Toile, h. 1 53 — l. 2 90.

Jordaens affectionnait ce sujet. On en connait plusieurs reproductions, mais toutes avec des variantes.

Avant la révolution, ce tableau appartenait à la famille Debavay, de Valenciennes.

Deux enfants dans un berceau.

Ils jouent avec un mouton. Toile, h. 70 — l. 88.

Le jugement de Midas. Toile, h. 74 — l. 1 14.

Choisi pour juge entre Apollon et Marsyas, il trouva que celui-ci l'emportait pour le chant sur le dieu de la musique. Apollon pour le punir lui fit croître les oreilles à la façon de celles d'un âne.

JOSEPIN, Giuseppe-Cesari (dit le), *né à Arpino vers* 1560, *mort en* 1640.

9 **Diane au bain.** Bois, h. 50 — l. 72.

Surprise par Actéon, elle métamorphose l'indiscret chasseur en cerf.

Il y a au Musée du Louvre une répétition de ce sujet.

KESSEL, Ferdinand (Van), *né à Anvers, en* 1660, *mort dans la même ville, en* 1696.

0 **Animaux dans un paysage.** T. h. 70 — l. 80.

LAAR, Pierre (Van), dit *le Bamboche, né à Laaran, en* 1613, *mort à Harlem* en 1675.

1 **Paysage.** Toile, h 0 20 — l. 0 25.

Un cavalier, suivi d'une meute, s'arrête à la porte d'une chaumière.

2 **Paysage.**

Pendant du précédent.

LA HIRE, Laurent (de), *né à Paris en* 1656, *mort dans la même ville en* 1751.

3 **Les ruines d'un temple,** T. h. 0 50 — l. 0 59.

Site italien.

LATOUR, Maurice-Quentin (de), *né à Saint-Quentin en* 1704, *mort dans la même ville en* 1788.

104 Portrait d'homme. Pastel, h. 0 70 — l. 0 54.

105 Portrait de femme. Pastel, h. 0 70 — l. 0 54.

LEMAY, Olivier, *né à Valenciennes le* 23 *mai* 1734, *mort à Paris en* 1797.

106 Marine. Toile, 0 75 — l. 0 98.

Pêche du poisson nommé l'espadon, devant l'écueil de Scilla, entre la Sicile et la Calabre.

107 Paysage historique. Toile, h. 60 — l. 78.

Herminie sous les armes de Clorinde, cherche un asile chez les pasteurs.

Cet artiste faisait à Bruxelles sa résidence habituelle. Il exécuta ces deux tableaux en 1785 pour sa réception à l'Académie de Valenciennes.

LENAIN, Louis [attribué], *né à Laon vers la fin du* XVIe *siècle, mort en* 1648.

108 Joueurs de cartes. Toile, h. 1 12 — l. 1 45

Deux filous s'entendent pour dépouiller un pauvre diable trop confiant.

LÉONARD, Jules, *né à Silenrieux (Belgique) en* 1827. *Élève et médailliste de l'Académie de Valenciennes.*

109 Le Médecin des pauvres. T, h. 1 00 — l. 1 45.

Assis au milieu d'une grande salle, froide et nue,

il interroge le pouls d'une enfant chétive, soutenue par sa mère. Des groupes de malheureux attendent que leur tour de consultation arrive.

Ce tableau, exposé à Bruxelles en 1858, a été choisi par la commission d'organisation pour être reproduit par la photographie. Il obtint la même année la médaille d'honneur à l'exposition de Cambrai.

LOCOGE, Auguste-Joseph, *né à Marly-lez-Valenciennes en* 1803, *médailliste de l'Académie de Valenciennes et pensionnaire de cette ville, élève de M. Boisselier ; mort à Raismes en* 1826.

10 **Paysage héroïque.** Toile, h. 1 12 — l. 1 45.

11 **Paysage historique.** Toile, h. 1 14 — l. 1 45

Phèdre et Hippolyte à l'hippodrome.

MARTIN, Jean-Baptiste, *né à Paris en* 1659, *mort dans la même ville en* 1735.

12 **Combat de cavalerie près d'un pont.**

Toile, h. 1 10 — l. 1 80.

METSYS, Quintin [attribué], *né à Anvers vers* 1460, *mort dans la même ville en* 1529.

13 **Des avares.** Bois, h. 0 74 —. 1 10.

Deux époux comptent et pèsent leur or ; dans le fond un domestique apporte une lettre.

MEULEN, Antoine-François (Van der), *né à Bruxelles en* 1634, *mort à Paris en* 1690.

14 **Déroute de l'armée française devant Valenciennes.** Toile, h. 3 62 — l. 7 75.

Elle était commandée par Turenne et La Ferté, et fut contrainte de lever le siége de cette ville le 15 juillet 1656.

Parmi les personnages qui figurent sur le premier plan du tableau on remarque don Juan d'Autriche, fils naturel de Philippe IV, général en chef de l'armée, le prince de Condé, qui combattait alors contre la France, et les principaux chefs des troupes espagnoles.

A la suite du siége, le Magistrat de Valenciennes fut anobli en masse par le roi d'Espagne, à la prière de l'infant Don Juan, et l'on croit que ce tableau fut aussi donné par lui à la ville, comme une marque de reconnaissance pour sa fidélité.

Cette immense toile est moins un tableau d'histoire qu'une vue topographique de la contrée, exacte jusqu'à la minutie et animée par les figures de Van der Meulen. C'est dans ce genre qu'ont été conçues les gravures du recueil, dit *de Beaulieu*.

Il faut remarquer ici le plan de Valenciennes à vol d'oiseau, travail précieux où tous les monuments de quelque importance sont reproduits avec fidélité.

Au mois de décembre 1789, M. de Pujol, ex-prévôt de Valenciennes, fut accusé dans la Chambre de justice d'avoir soustrait le tableau de Van der Meulen. Voici comment il fit tomber cette absurde inculpation, dans une lettre publiée à ce sujet, document précieux pour l'histoire de cette toile :

« Ce chef-d'œuvre de l'art, placé ci-devant dans la salle qui précède la Chambre de Justice, et exposé depuis longtemps à périr totalement, a paru mériter par cela même l'attention des magistrats avec lesquels j'ai eu l'honneur de servir. Ils ont ordonné qu'il serait détaché de son énorme châssis, roulé soigneusement sur tambour et déposé avec précaution en un lieu convenable, en attendant qu'une autre distribution de l'hôtel-de-ville, dont il était question alors, permit de le réparer, de l'exposer convenablement et le mettre de cette manière à l'abri de nouvelles insultes »

A la lecture de cette lettre, le grand Conseil déclara qu'aucun de ses membres ne doutait de la vérité du fait.

MIRVELT, Michel, *né à Delft en* 1568, *mort dans la même ville en* 1641.

115 Portrait de chevalier. Toile, h. 0 57 — l. 0 49.

MOMAL, Jacques-François, *né à Lewarde, près de Douai, en* 1754, *premier professeur de dessin de l'Académie de Valenciennes, mort en cette ville en* 1832.

116 La ville de Valenciennes protégeant les arts. Toile, h. 1 25 — l. 1 13.

Tableau de concours pour la place de professeur à l'Académie.

117 Union de la poésie et de la musique. Allégorie. Toile, h. 0 88 — l. 0 66.

118 Le temps dévoile la vérité et foule aux pieds l'erreur. Toile, h. 1 05 — l. 0 18.

Donné au Musée par M. de Mathieu de Quenvignies.

NANTEUIL, Célestin, *né à Rome, de parents français.*

119 Un rayon de soleil. Toile, h. 0 87 — l. 1 16.

Des fées qui voltigent dans sa lumière viennent considérer un jeune chasseur endormi sous le feuillage. Salon de 1849. Donné par le ministre de l'intérieur.

Ce tableau a été lithographié par l'auteur.

NATTIER, Jean-Marc, *né à Paris le* 17 *mars* 1685, *mort dans la même ville le* 7 *novembre* 1766.

120 Portrait du duc de Boufflers.

Toile, h. 0 80 — l. 0 64.

« Joseph-Marie, duc de Boufflers, pair de France, gouverneur et lieutenant-général pour le roi des provinces de Flandre et du Hainaut, gouverneur particulier des ville et citadelle de Lille, souverain bailli des ville et chatellenie dudit Lille, gouverneur, capitaine et grand bailli héréditaire de Beauvais et lieutenant pour le roi de Beauvaisis, brigadier des armées du roi, colonel du régiment de Bourbonnais. » Né en 1706, mort à Gènes en 1747; il était fils du maréchal de Boufflers, défenseur de Lille pendant le siége de 1708.

Cabinet du général Despinoy.

NEITS, J.-F., *moine de l'abbaye de Saint-Amand*, XVIIe *siècle.*

121 Vue de l'abbaye de Saint-Amand d'Elnon.

Toile, h. 1 00 — l. 2 00.

Fondée en 639 par saint Amand, évêque de Maestricht.

Une gravure au burin, exécutée par Malfeson d'après ce tableau, a paru dans les *Archives du Nord* (1854, page 53).

NEEFS, Peeter, *né à Anvers en* 1570.

122 Intérieur d'église. Bois, h. 23 — l. 32.

L'officiant offre le Saint-Sacrement à l'adoration des fidèles. Le chœur est dans l'ombre.

123 Intérieur d'église. Bois, h. 23 — l. 32.

Le fond du chœur est en pleine lumière.

Les figures de ces tableaux sont attribuées à David Teniers.

NEER, Arnould (Van der), *né en* 1619, *mort en* 1683.

124 **Marché de bestiaux.** Toile, h. 0 35 — l. 0 48.

125 **Marine.** Toile, h. 0 20 — l. 0 26.

Effet de lune par un temps orageux.

126 **Marine.** Toile, h 0 20 — l. 0 26.

Coucher de soleil, temps orageux.

OOSTEN, Pierre (Van).

127 **Intérieur flamand.**

Fête de famille. h. 0 28 — l. 0 32

OTELIN, *né à Valenciennes.* xve *siècle.*

128 **Les Valenciennois vont abattre deux maisons à Bruay et à Fresnes. 25 avril 1456.**

Toile, h. 1 12 — l. 1 90.

Ce tableau est d'autant plus précieux qu'on y voit représentée la porte de Tournai (de Lille), telle qu'elle était à cette époque.

Quant au sujet, le passage suivant de l'historien d'Oultreman en est le meilleur commentaire : « Si quelqu'un, non bourgeois ou manant de cette ville, avoit hors des banlieues outragé, battu ou injurié quelque bourgeois, celui-ci en faisoit plainte au magistrat, requérant justice suivant les lois et franchises de la ville. Là-dessus, on s'informoit de sa bourgeoisie et après qu'il avait prêté serment sur l'injure et outrage en question, les agresseurs étoient ajournés solennellement de comparaître dans 7 jours, et, le fait avéré, condamnés à quelque amende pécuniaire et d'avoir leurs maisons abattues, en cas qu'ils en eussent dans le chef-lieu. »

L'expédition du 25 avril 1456, est la dernière où ce droit ait été exercé, il fut dès lors suspendu et définitivement aboli peu de temps après par le duc de Bourgogne.

La tradition fait naître Otelin, à Valenciennes, c'est tout ce que l'on connaît de sa vie et ses œuvres sont des plus rares. Il paraît s'être attaché à reproduire des faits d'histoire locale ; un habitant de cette ville possède de lui une toile représentant le célèbre duel judiciaire de Mathieu Coquel et de Jacotin Plouvier qui eut lieu sur le grand marché de Valenciennes.

Le tableau suivant a quelque analogie dans le faire avec ceux-ci ; s'il n'est pas d'Otelin, il est de son époque, c'est ce qui a engagé à le placer à cet article.

129 Épisode d'un tournoi tenu en 1473 à peu de distance de Valenciennes T. h. 70 — l. 94.

Ce fut lors de l'entrée du duc Charles-le-Téméraire en cette ville, où il venait célébrer la fête de la Toison-d'Or.

Cette peinture est évidemment contemporaine du sujet qu'elle représente ; quant à la légende suivante placée au bas de la toile, il est facile de voir à la forme des lettres qu'elle a été inscrite postérieurement : « Proche Fontenelle, à l'entrée du duc Charles-le-Hardy en sa ville de Valenciennes, le premier d'avril 1473. »

On distingue au 2e plan de la composition, le duc avec sa suite auprès d'un monument religieux qui pourrait bien être l'antique abbaye de Fontenelle ; cette circonstance, si elle était vérifiée, doublerait l'intérêt historique du tableau.

Donné par M. Meurice, peintre.

PATEL, (dit le jeune) [attribué], *né en* 1654.

130 **Paysage.** Toile, h. 0 50 — l. 0 43.

On aperçoit un moulin à eau, un abreuvoir et une église dans le fond.

131 **Paysage.** Toile, h. 0 43 — l. 0 53.

Un château fort sur les bords d'une rivière.

PATER, Jean-Baptiste, *né à Valenciennes le* 29 *décembre* 1695, *mort à Paris en* 1736, *élève de J.-A. Gérin et de Ant. Watteau.*

132 **La soirée.** Toile, h. 0 38 — l. 0 56.

Une jeune femme assise sous des arbres joue de la guitare ; elle est entourée de groupes d'auditeurs.

133 **Le nid de tourterelles.** Toile, h. 35 — l. 41.

Un jeune Colin d'opéra-comique présente ce nid à sa bergère.

PEREDA, Antonio, *né à Valladolid en* 1599, *mort en* 1669.

134 **Les Bohémiens.** Toile, h. 1 12 — l. 1 66.

Un jeune seigneur se fait dire la bonne aventure ; pendant ce temps on lui dérobe sa bourse.

Demi-figures.

Le cadre porte le chiffre du maréchal duc de Croy.

Le Musée de Munich possède une répétition de ce tableau.

PETERS, Bonaventure, *né à Anvers en* 1614, *mort dans la même ville en* 1652.

135 **Marine.** Toile, h. 0 38 — l. 0 63.

PETERS, Jean, *né à Anvers en* 1625, *mort en....*

136 Marine.

137 Marine. Toiles, h. 0 35 — l. 0. 56.

138 Combat naval de vaisseaux hollandais contre des galères turques.

Toile, h. 1 03 — l. 2 10.

PETIT, Jean-Louis, *né à Paris en* 1793.

139 Vue du phare de Houfleur. T, h. 73 — l. 98.

Des artistes surpris par la marée montante se sauvent dans une barque qui s'offre à eux par hasard. Gros temps.

Ce tableau a obtenu une mention honorable à l'exposition de Valenciennes en 1835.

PIGAL, Edme-Jean, *né à Paris en* 1794.

140 Épisode du choléra. Toile, h. 1 40 — l. 1 11.

Un père et une mère au désespoir reçoivent les derniers soupirs de leur fille.

PINGRET, Henri-Théophile-Édouard, *né à Saint-Quentin le* 30 *décembre* 1785.

141 Portrait de Charles X en costume royal.

Toile, h. 2 90 — l. 2 10.

Copie d'après le baron Gérard, donnée à la ville par le ministre de l'intérieur en juillet 1830.

PORBUS, François (le fils), *né à Bruges en* 1570, *mort à Paris en* 1622.

142 Portrait en pied de Dorothée de Croy, duchesse d'Arschot. Toile, h. 1 80 — l. 1 00.

La bibliothèque de Valenciennes possède plusieurs volumes de poésies manuscrites de cette princesse.

Les ajustements de ce portrait sont d'une rare magnificence. C'est le costume de nôce de la duchesse; on peut y reconnaître les joyaux que lui donna le duc Charles de Croy, son époux, et dont il a laissé le détail dans le passage suivant de ses mémoires autographes :

« Nous luy avons donné un manteau ducal de velour rouge cramoisy, entièrement brodé par cantilles et fillet d'or, tant de nos ciffres que d'aultres compartiments, double de satin blancq et entouré d'hermine mouschetée, avecq une fort belle et riche couronne ducale, faicte et ornée de fort beaux gros perles par fleurons et grands penasches, un fort beau et riche carcant de diamans et de perles avecq une fort belle et grande bague de diamant, et une fort belle grande perle en forme de poire, avecq ses deux brasselets et sa ceinture, son tour de bonnet, sa bague des tetins, l'anneau du doit, les pendans d'oreilles, les brillans, les bouttons de la robbe et manteau, brassart, soleil, lune, chesne, casse de peincture, douxe bouttons pour le devant et 36 pour le surplus; le tout de diamant avecq un coffret quarré tout couvert d'argent doré, avecq une infinité de pierres anticques et précieuses encassées en iceluy et partout, tant par dedens que par dehors. »

(De Reiffenberg. *Une existence de grand seigneur au XVIe siècle*, p. 82.)

5 **Portraits en pied de Philippe-Emmanuel de Croy, comte de Solre et de sa sœur Marie.** Toile, h. 1 50 — l. 1 10.

Ces deux tableaux proviennent du château de l'Ermitage.

144 Portrait en pied de Marie de Médicis, reine de France, femme de Henri IV.

Toile, h. 58 — l. 40.

PORBUS, François [attribué].

145 Portrait d'un seigneur Bois, h. 1 13 — l. 0 84.

Sur le fond on remarque, d'un côté, l'écusson de ses armes; de l'autre, l'inscription : *Ætatis suæ* 23, *anno* 1611.

146 Portrait de la femme du précédent.

Bois, h. 1 13 — l. 0 84.

Sur le fond on remarque également un écusson, parti des armes des deux époux, et cette inscription : *Ætatis suæ* 19, *anno* 1611.

POTIER, Antoine-Julien, *ancien professeur de dessin à l'Académie de Valenciennes, né à Villeneuve-sous-Verberie, le* 7 *août* 1796.

147 Oreste défendu par Pylade.

Toile, h. 1 12 — l. 1 44.

Tableau de concours pour le prix de Rome, exécuté en loge en 1822.

148 Portrait de M. Charles Cochon, comte de l'Apparent, né en 1750 dans le département de la Vendée, mort en 1841.

Copié d'après le pastel original exécuté en 1806, par Pfeiffer. Pastel. h. 0 45 — l. 0 35.

149 Coriolan chez Tullus, roi des Volsques.

Esquisse peinte. Toile, h. 0 29 — l. 0 38.

Cet ouvrage avec une académie peinte et un dessin

d'après la bosse, exécutés en concours, firent obtenir à l'auteur le titre de professeur à l'Académie de Valenciennes en 1833.

PUJOL, Alexandre-Denis-Abel (de), *né à Valenciennes le 30 janvier 1785, membre de l'Institut, officier de la Légion-d'Honneur, élève de David.*

150 **Portrait du père de l'auteur.** T. h. 82 — l. 51.

Alexandre-Denis-Joseph de Pujol de Mortry, baron de la Grave, conseiller du roi, commissaire provincial des guerres en Hainaut, chevalier de Saint-Louis, prévôt de Valenciennes depuis le 7 septembre 1782 jusqu'au 23 novembre 1789 et pendant l'occupation autrichienne du 2 août 1793 au 1er juillet 1794; né le 22 décembre 1737, à Valenciennes, mort dans la même ville le 30 août 1816. Il est le fondateur de l'Académie des beaux-arts de Valenciennes.

151 **Clémence de César.** Toile, h. 2 46 — l. 3 06.

Cicéron défend la cause de Ligarius.

Ce tableau, actuellement déposé au palais de justice, est le premier que l'auteur ait fait admettre à l'exposition du Louvre (Salon de 1808).

152 **Le président de Harlay insulté par des ligueurs.** Toile, h. 0 40 — l. 0 35.

Esquisse d'un tableau exécuté pour le Musée de Versailles. Acquis à la vente de M. Ch. Leconte.

153 **La ville de Valenciennes encourageant les arts.** Toile, h. 0 00 — l. 0 60.

Tableau commandé par le ministre de l'intérieur (1846). Il orne aujourd'hui la salle de réunion du conseil municipal. Exposé en 1855.

QUINART, Charles-Louis-François, *né à Valenciennes, le 13 décembre 1788, élève de MM. Abel de Pujol et Watelet.*

154 Paysage historique. Toile, h. 1 94 — l. 1 27

Herminie chez les bergers.

RESTOUT, Jean, *né à Rouen, en 1692, mort à Paris, en 1768.*

155 Tête de vieillard. Toile, h. 0 42 — l. 0 45.

ROMANY DE ROMANCE (Mme).

156 Portrait en pied de Mlle Duchesnois.

Toile, h. 2 00 — l. 1 50.

Son costume est celui du rôle d'Inès de Castro, dans *Pierre-le-Cruel.*

ROSSY, Louis-Joseph, *né à Valenciennes le 13 mai 1816, pensionnaire de la ville en 1840, actuellement professeur de dessin au collége de Condé, élève de M. A. de Pujol.*

157 Vue de l'ancien hôtel de Sens, à Paris.

Toile, h. 0 53 — l. 0 44.

158 Vue d'intérieur. Toile, h. 0 30 — l. 0 22.

Un chapeau de paille et une guitare placés sur un fauteuil.

159 Autre vue d'intérieur. Toile, h. 0 30 — l. 22.

ROTTENHAMER, Jean, *né à Munich en 1566, mort à Augsbourg en 1604.*

160 Punition des enfants de Niobé.

Le paysage est de Paul Bril. Bois, h. 64 — l. 90.

Le Christ au jardin des Oliviers.
Bois, h. 0 70 — l. 1 06.

ROUSSEAU Philippe, *né à Paris.*

2 **Nature morte.** Toile, h. 0 75 — l. 0 95.

Un panier de pèches, des huîtres, un pâté et différents vases sur une table de marbre.

Donné par l'Empereur. Salon de 1859.

RUBENS, Pierre-Paul, *né à Cologne en* 1577, *mort à Anvers en* 1640.

3 **Extase de Saint François d'Assise aux pieds du Rédempteur crucifié.**
Bois, h. 0 60 — l. 0 46.

Ce tableau a subi plusieurs transformations. Autrefois le Christ se détachait seul sur un fond uniforme ; c'est en 1838 que M. Roehn, en le nettoyant, fit peu à peu apparaître la figure de Saint François.

4 **Prédication de Saint Étienne dans le Sanhedrin.** Bois, h. 4 00 — l. 1 26.

5 **Saint Étienne lapidé.** Toile, h. 4 37 — l. 2 80.

6 **Saint Étienne mis au tombeau.**
Bois, h. 4 00 — l. 1 26.

7 **Annonciation.** Bois, h. 4 00 — l. 2 65.

Ces quatre sujets composent un triptyque ou tableau à volets dont la *Lapidation de Saint Étienne* est la partie centrale ; les deux autres épisodes de la vie du martyr sont placés dans un ordre logique, la *Prédication* à gauche et la *Mise au tombeau* de l'autre côté. Ces volets, en se refermant, laissent voir l'*Annonciation*. Il est bon de rappeler que ce dernier tableau a été l'occasion d'une singulière méprise de la part d'un écrivain valenciennois, qui a cru reconnaître, dans la figure de la Vierge, les traits de la *troisième* femme de Rubens. Le fait a été accepté et répété d'après lui sans examen. On sait pourtant que le grand peintre n'a été marié que deux fois. Veuf d'Elisabeth Brandt, il avait épousé en secondes noces et dans un âge assez avancé, Hélène Formann, qui était très-jeune; elle survécut à son mari et c'est par ses soins qu'il lui fut élevé un mausolée dans une des églises d'Anvers.

Cet admirable triptyque était une des richesses de l'abbaye de St.-Amand. Si l'on en croit une tradition que n'appuie, du reste, aucun document authentique, c'est dans l'abbaye même que Rubens l'aurait exécuté pendant un séjour qu'il fit auprès de l'abbé Nicolas Dubois, son ami, en revenant de peindre la galerie du Luxembourg.

Placées au maître-autel de l'église abbatiale, au fond du chœur, auquel on abordait par une rampe de quarante degrés de marbre blanc, ces peintures devaient produire un effet admirable. Elles y étaient à leur véritable point de vue; mais d'un autre côté on n'eut pas pour elles tous les soins désirables et l'humidité finit par détériorer sensiblement la *Lapidation*, peinte sur toile, tandis que les volets sont en bois. En 1764, on expérimenta sur cette partie et pour la première fois en France, le procédé encore imparfait du rentoilage que venait de découvrir un peintre de Tournay. Cette opération ne réussit qu'à moitié et le dommage se trouva aggravé. Cependant cela parut si merveilleux que le grand-prieur, Dom Cassiodore de Monchaux, pour en conserver le souvenir et constater sa participation à l'œuvre, fit peindre ses armoiries au bas du tableau où on les voit encore. Elles sont : *d'azur à trois montagnes d'argent surmontées d'un soleil d'or ;* au-dessus on lit la devise: *Sollicità* et la date 1764.

Lorsque la révolution eut aboli les ordres religieux, ces tableaux, confisqués au profit de la nation, furent, conformément aux décrets, transportés à Valenciennes, chef-lieu du district, et déposés dans une des salles de l'Académie. Plus tard la ville de Saint-Amand, qui se croyait des droits à la propriété de l'œuvre de Rubens, profita du séjour du Roi de Hollande, Louis Bonaparte, à la fontaine Bouillon, pour élever des réclamations ; heureusement pour nous et pour les progrès de l'art, cette démarche resta sans résultat.

En 1834, ces tableaux se trouvaient dans un état déplorable, par suite de leur séjour dans l'église de St-Géry, à la fabrique de laquelle la municipalité les avait *prêtés* lors du rétablissement du culte. Sur le rapport d'une commission nommée par l'Académie, le conseil municipal vota une somme de 1,000 francs afin de pourvoir aux réparations les plus urgentes, et enfin, en 1838, on les retira de l'église, moyennant une indemnité, pour les placer au Musée, qui commençait à s'organiser. Une restauration complète fut jugée alors indispensable ; on la confia à MM. Jacquinot pour le rentoilage, et Roehn pour la peinture. Il est fâcheux d'avoir à dire que ce dernier fut loin de justifier ici la réputation qu'il s'était acquise dans ce genre de travail.

On n'eut pas encore alors l'idée, si simple pourtant, de reconstituer le triptyque et l'œuvre resta partagée en trois tableaux distincts comme elle l'était à St-Géry. Ils furent placés dans la salle d'honneur du Musée, l'un contre la muraille et les autres perpendiculairement à elle, dans une position aussi absurbe que désavantageuse pour la lumière. Néanmoins leur existence était dès lors assurée et il ne resta que peu de travail à faire en 1849, lors de la réorganisation de la galerie, pour les mettre dans l'état actuel.

RYCKAERT, David, *né à Anvers, en* 1615, *mort en....*

168 Deux petits pauvres. Toile, h. 1 29 — l. 1 12.

Ils se disputent une tarte et des fruits.

SAUVAGE, Jean-Baptiste, XVIIe *siècle.*

169 Portrait de Jean-Baptiste Rousseau.

Toile, h. 1 00 — l. 0 80.

Ce poète est représenté à l'âge d'environ trente ans, assis dans un fauteuil vert, le bras gauche posé sur un bureau. Son habit de satin rose brodé d'or, est entr'-ouvert pour laisser voir le jabot de la chemise et le petit collet noué d'une faveur rose. Draperie vert et or jetée sur l'épaule droite. Acquis à la vente du général Despinoy.

SCHNETZ, Jean-Victor, *né à Versailles, le* 14 *avril* 1787.

170 Religieux secourant une pauvre pélerine fatiguée et blessée au pied.

Toile, h. 1 78 — l. 1 20.

Ce tableau, qui figurait à l'exposition de Valenciennes en 1835, y obtint une médaille d'or. Il a été lithographié par L. Barré.

SCHOPIN, Henri-Frédéric, *né à Lubeck en* 1804, *de parents français.*

171 Jeune faune jouant avec sa chèvre.

Toile, h. 1 50 — l. 2 00.

Ce tableau, exposé à Valenciennes en 1835, valut à son auteur une médaille d'argent.

SEGHERS, Daniel, *jésuite, né à Anvers en* 1590, *mort dans la même ville en* 1660.

Voir *Van Thulden.*

SERRURE, Henri-Auguste-César, *né à Lambersart (Nord), en* 1795.

172 **Naufrage du Camoëns.** Toile, h. 3 70 — l. 2 94.

Jeté sur les côtes de la Cochinchine, il s'efforce de tenir hors de l'eau les feuilles de son poème des *Lusiades*, seul trésor qu'il dérobe à la mer.

Ce tableau a été donné à la ville par M. le Ministre de l'intérieur en 1827.

SNEYDERS, François, *né à Anvers en* 1579, *mort dans la même ville en* 1657.

173 **Un marchand de poisson.** T. h. 1 36 — l. 1 70.

Il offre sa marchandise à une ménagère,

SPRANGER, Barthelemi, *né à Anvers en* 1546, *mort à Prague* en.....

174 **Portrait en pied de Bardo-Bardi-Magalotti, premier gouverneur français de Valenciennes, nommé en 1677.**

Toile, h. 2 18 — l. 1 35.

Il est représenté sous une tente en tenue de combat. Ce gentilhomme, né à Florence, colonel du régiment Royal-Italien, mourut à Paris, le 10 avril 1705. Ses armoiries, qui figurent dans un coin du tableau, étaient écartelées au 1 et 4 d'or à la bande losangée de cinq pièces de gueules, brisé d'une couronne de sable au canton senestre; au 2 et 3 fascé d'or et de sable de 6 pièces, au chef de gueules chargé du mot *libertas* en lettres d'or.

175 **L'union fait la force, elle produit la paix et l'abondance.** Toile, h. 1 50 — l. 1 14.

Tableau allégorique provenant de l'abbaye de S-Amand.

TENIERS, David (*le Jeune*), *né à Anvers, en* 1610, *mort à Bruxelles en* 1694.

176 **Intérieur d'une grotte.** Bois, h. 0 36 — l. 0 30.

Un anachorète lisant.

TILBORGH, Gilles (Van), *né à Bruxelles en* 1625.

177 **Un flamand tenant un pot de bierre.**
Toile, h. 0 80 — l. 0 65.

THULDEN, Théodore (Van), *né à Bois-le-Duc en* 1607, *mort en....*

178 **Sainte famille.** Toile, h. 80 — l. 49.

Elle occupe le centre d'une guirlande de fleurs peinte par Daniel Seghers.

TRIPIER-LEFRANC (Mme) née Eugénie LEBRUN, *née à Paris.*

179 **Portrait de Catherine-Joséphine Rafin.**
Toile, h. 0 86 — l. 0 79

Cette illustre tragédienne, plus connue sous le nom de Mlle *Duchesnois*, née à Saint-Saulve, près Valenciennes, le 5 juin 1777, mourut à Paris, le 8 janvier 1835.

Ce tableau a obtenu une médaille de bronze à l'exposition de Valenciennes en 1833.

TRONCOSSI, Joseph-François (dit *Paris*), *né à Naples, le 4 février* 1784.

30 **Le loup devenu berger.**

Toile, h. 0 71 — l. 0 0.

Il aurait volontiers écrit sur son chapeau:
C'est moi qui suis Guillot, berger de ce troupeau.

Mention honorable à l'exposition de Valenciennes en 1833.

TROY, François (le père de), *né à Toulouse en* 1645, *mort à Paris en* 1730.

31 **Portrait de Jean de Julienne,**

Toile. h. 0 90 — l. 0 72.

« Chevalier de l'ordre de Saint-Michel, amateur honoraire de l'académie royale de peinture et sculpture, et propriétaire des manufactures royales des draps fins et écarlates des Gobelins. »

Il est vêtu d'une robe de chambre brodée de fleurs d'argent et tient à la main le portrait d'Antoine Watteau, son protégé.

Ce portrait, peint en 1722, a été gravé par Balechou en 1752; c'est le titre même de la gravure qui est reproduit ci-dessus entre guillemets.

Acquis à la vente du général Despinoy.

VALENTIN, Moïse, *né à Coulommiers en* 1600, *mort à Rome en* 1632.

32 **Concert dans une taverne.**

Toile, h. 1 40 — l. 2 30.

Trois musiciens accompagnent la voix d'un jeune homme. Dans le fond un cinquième personnage allume sa pipe.

VANNI DE SIENNE [attribué].

183 Des anges contemplent avec amour l'Enfant Jésus debout sur les genoux de sa Mère. Cuivre, h. 0 46 — l. 0 34.

VELASQUEZ DE SILVA (don Diego), *né à Séville en* 1599, *mort à Madrid en* 1660.

184 Portrait en pied de Philippe IV, roi d'Espagne, né le 8 avril 1605, mort le 17 septembre 1665. Toile, h. 0 20 — l. 1 41.

Ce prince est représenté dans son adolescence et autant qu'on peut le présumer vers l'époque de son avènement au trône qui eut lieu en 1621. Le fond sur lequel se détache la figure reproduit la décoration des appartements de l'Escurial.

La galerie espagnole qui existait au Louvre avant 1848, possédait une reproduction de ce tableau. Le catalogue, en l'intitulant portrait de Don Carlos (Charles II), fils de Philippe IV, lui donnait pour auteur *Carreno de Miranda;* mais une comparaison attentive avec les portraits, gravés ou autres, que l'on possède de ces deux princes, ne peut laisser de doute sur le personnage représenté. Ceci posé, le seul artiste à qui on puisse avec vraisemblance attribuer cette toile est Velasquez, qui était, comme on le sait, dès l'an 1623 le peintre officiel de Philippe IV. C'est tout au moins une copie peinte sous ses yeux et dans son atelier, comme les rois d'Espagne en faisaient exécuter pour envoyer dans les provinces, en témoignage de leur satisfaction. Il est probable que ce portrait est arrivé ainsi à Valenciennes, peut-être à la suite du siége de 1656.

VENIUS, Otto [attribué], *né à Leyde en* 1556, *mort à Bruxelles en* 1634.

185 **Le jugement de Paris.** Bois, h. 0 70 — l. 1 05

VINCENT, François-André, *né à Paris le* 30 *décembre* 1746, *mort dans la même ville en décembre* 1816.

186 **David vainqueur de Goliath.**

Toile, h. 1 90 — l. 1 50.

Ce tableau a été donné au musée par M. Favart, de Valenciennes, en 1856.

VIVIEN, Joseph, *né à Lyon en* 1637, *mort à Cologne en* 1735.

187 **Portrait du cardinal Joseph-Clément de Bavière, Electeur de Cologne.**

Toile, h. 1 35 — l. 1 10.

Ce prélat, mis au ban de l'Empire avec l'Electeur Palatin, son frère, comme allié de Louis XIV, se retira à Lille où il fut sacré archevêque par l'illustre Fénélon, Aux approches du siége de 1708, il quitta cette ville pour venir se fixer à Raismes, et quand la paix lui permit de regagner ses états, il laissa, comme marque de reconnaissance aux habitants de Valenciennes, dont il avait eu à se louer pendant son exil, son portrait sur le cadre duquel il avait eu soin de faire sculpter ses armoiries.

188 **Portrait de Fénélon (François de Salignac de la Motte),** Toile, h. 0 72 — l. 0 58.

Né au château de Fénélon, en Périgord, le 6 août

1651, mort en 1715, archevêque de Cambrai; précepteur du duc de Bourgogne. Ce tableau, provenant du chapitre de la métropole de Cambrai, a été acquis à la vente du général Despinoy.

VLEUGHELS, Nicolas, *né en Flandre en* 1669, *mort à Rome en* 1737.

189 Le lever. Toile, h. 0 92 — l. 0 27.

190 La toilette. Toile, h. 0 92 — l. 0 27.

VOISEUX, N....

191 Portrait d'homme;
1767. Pastel, h. 0 45 — l. 0 36.

192 Portrait de femme ;
1766. Pastel, h. 0 45 — l. 0 36t

VOS, François-Martin (de) *né à Anvers en* 1520, *mort dans la même ville en* 1604.

193 Circoncision. Bois, h. 2 10 — l. 1 80.

La Vierge tenant l'Enfant-Jésus est entourée de jeunes mères qui attendent comme elle leur tour de présenter leurs enfants au grand-prêtre; le divin Sauveur bénit S. Jean.

Ce tableau porte la date de 1593 ; il provient de l'abbaye de S.-Jean à Valenciennes.

VOUET, Simon, *né à Paris en* 1582, *mort dans la même ville en* 1641.

194 S. Etienne en prière. Toile, h. 1 38 — l. 1 05.
Figure à mi-corps.

Ce tableau décorait une chapelle dans l'église de l'abbaye de S.-Amand, dédiée, comme on le sait, a saint

Etienne. Les armes sculptées sur le cadre sont, dans la partie supérieure, celles de l'abbaye ; parti: au 1, d'or à une demi-aigle éployée de sable ; au 2, d'azur semé de fleurs de lys d'or ; au bas celles de l'abbé Pierre Honoré (1673-1693): d'azur au croissant d'argent acc. de 6 croix recroisettées et fichées d'or, 3 en chef et 3 en pointe.

WATTEAU, Jean-Antoine, *né à Valenciennes, le* 10 *octobre* 1684, *mort à Nogent le* 18 *juillet* 1721.

195 **Conversation sous les arbres d'un parc.**

Toile, h. 0 43 — l. 0 53.

Ce tableau a toujours été considéré comme un original ; mais il est impossible aujourd'hui d'apprécier son mérite primitif sous les repeints dont l'a couvert M. A. Roehn.

WATTEAU, Louis-Joseph, *né à Valenciennes, le* 10 *avril* 1731, *mort en* 1803 *dans la ville de Lille, où il avait été appelé pour diriger l'Académie de dessin.*

Les quatre heures de la journée :

4 toiles, h. 0 62 — l. 0 82.

196 Le Matin. — Départ des laboureurs pour le travail.

197 Midi. — Repas dans les champs.

198 Vespres. — Moissonneurs surpris par un orage.

199 Le Soir. — Rentrée à la ferme et repas du soir.

200 **Le congé absolu.** Toile, h. 0 92 — l. 0 00.

Un soldat libéré du service rentre dans ses foyers. Tableau de réception de l'auteur à l'Académie de Valenciennes.

WATTEAU, François-Louis-Joseph, *fils du précédent, né à Valenciennes, le* 18 *août* 1758, *mort professeur de dessin à l'Académie de Lille, le* 1er *décembre* 1823. *Il a été le créateur du musée de Lille.*

201 Menuet sous le chêne. Toile, h. 0 59 — l. 0 71.

Une brillante société assise au bas d'un péristyle semble admirer deux danseurs qui exécutent un menuet au son d'un orchestre champêtre. Tableau de réception de l'auteur à l'Académie de Valenciennes.

WEENINX, Jean, *né à Amsterdam en* 1644, *mort le* 20 *septembre* 1719.

202 Nature morte.

Perdrix et autres oiseaux. Toile, h. 0 55 — l. 0 43.

WOUWERMANS, Philippe, *né à Harlem en* 1620, *mort dans la même ville en* 1668.

203 Le départ pour la chasse. T. h. .. — l. 83.

Une jeune femme, soutenue par un élégant cavalier, s'apprête à monter à cheval. Les piqueurs et les valets de pied disposent les préparatifs du départ.

ZEEMANN, Regnier, (surnommé *Remi Nooms*), *florissait à Amsterdam en* 1670.

204 Marine. Toile, h. 0 30 — l. 0 38.

205 Marine. Toile, h. 0 30 — l. 0 38.

ZOOLEMAKER.

206 Des paysans devant une ferme s'occupent de travaux champêtres. T. h. 0 80 — l. 1 10.

TABLEAUX D'AUTEURS INCONNUS

ÉCOLE ALLEMANDE. — XVe SIÈCLE.

97 **Panneau d'*ex-voto*.** Bois, h. 0 57 — l. 0 45.

Les deux faces sont peintes. Sur la principale, Saint-Jean-Baptiste, la tête ceinte d'une auréole, soutient de la main droite un livre sur lequel repose l'agneau pascal. Devant lui un ecclésiastique dont la robe rouge est recouverte d'une aube transparente se tient à genoux, les mains jointes. Une palme est posée sur son bras droit.

L'autre face représente un cadavre étendu sur une natte et à demi recouvert d'un linceul. Un ruban déroulé dans la partie supérieure laisse lire ces deux vers latins :

Da requiem cunctis, Deus, hic et ubique sepultis,
Ut sint in requie, propter tua vulnera quinque.

Ce panneau a été découvert dans l'église de N.-Dame.

98 **Le martyre cruel du Révérendissime cardinal de Guise sous l'inhumain tyran Henry de Valois.** Toile, h. 53 — l. 55.

Épisode des États de Blois en 1588. Tableau du temps, donné par M. Guillaume.

99 **Fondation des Chartreux de Marly-lez-Valenciennes ; 1298.** Toile, h. 45 — l. 96.

Le comte Jean d'Avesnes, assis et entouré des seigneurs de sa cour, présente à deux Chartreux l'acte de fondation de leur monastère; quelques religieux d'un autre ordre assistent comme témoins à cette donation.

Cette peinture date vraisemblablement du 16e siècle; le genre d'exécution, le style de l'architecture le font assez connaître, et un archéologue distingué de notre ville s'est trompé lorsqu'il a cru voir dans un fond évidemment de fantaisie une exacte reproduction de la primitive église des Chartreux. Le texte de l'acte est transcrit en entier sur un parchemin que tiennent les deux moines et cette circonstance est d'autant plus heureuse que l'original n'existe plus. Cette charte a été publiée dans les *Archives du Nord* (1842, p. 140), où l'on trouve en même temps une lithographie assez exacte du tableau.

Cette peinture, qui faisait partie du cabinet de M. Ducas, de Lille, a été donnée par lui au Musée de Valenciennes.

210 **Vision d'Ezéchiel.**

Copie d'après Raphaël. Toile, h. 0 38 — l. 0 29.

211 **Le Christ mort entouré de Saint Joseph d'Arimathie, de Saint Jean et des saintes femmes.** Toile, h. 1 50 — l. 1 22.

École d'Annibal Carrache.

212 **Le Christ descendu de la croix.**

Copie d'après Annibal Carrache. Toile, h. 54 — l. 40.

213 **Entrée de Jésus-Christ à Jérusalem.**

Toile h. 1 25 — l. 1 70.

214 Une Vierge en prières. Toile, h. 43 — l. 36.

215 Un bouffon jouant avec un chat.
Copie d'après Jordaëns. Toile, h, 0 70 — l. 0 58.

216 Des femmes se battent à qui portera la culotte. Toile, h. 0 50 — l. 0 62.

217 Des paysans boivent dans la cour d'une auberge. Toile h. 0 58 — l. 0 32.

218 Des paysans dansent en rond sous un chêne. Toile h. 0 58 — l. 0 32.

219 Des paysans dînent sous l'ombrage. Toile h. 0 78 — l. 0 50.

220 Portrait du premier abbé de Vicoigne. Toile, h. 0 73 — 0 50.

Il s'appelait Guido et était Anglais de nation. Dans le haut du tableau, à droite, on aperçoit la Vierge Marie dans une gloire. Le cadre porte cette inscription : *Primus abbas Viconiensis*, 1214, et la devise : *Dilexi decorem domûs*.

L'abbaye de Vicoigne, de l'ordre de Prémontré, datait de l'an 1125 environ et était située sur le territoire du village de Raismes, à quelques kilomètres de Valenciennes. Sa bibliothèque, une des plus riches de la contrée, avait pour principal ornement une série de peintures représentant tous les prélats qui avaient géré le monastère depuis sa fondation ; il est assez probable que le tableau dont il s'agit ici faisait partie de cette collection. La date, inscrite récemment sur le cadre, est sans aucun doute fautive ; c'est le résultat d'une transposition de chiffres, il faut lire 1124.

221 **Portrait de Jeanne de Valois.**

Bois, h. 1 05 — l. 0 68.

Il importe de rectifier ici une erreur commise dans le précédent livret historique, où l'on a confondu cette princesse avec une autre *Jeanne de Valois*, femme du comte de Hainaut Guillaume le Bon, morte sous l'habit de religion à l'abbaye de Fontenelle en 1340, Celle que représente le portrait était fille de Louis XI et de Charlotte de Savoie, née en 1464, mariée à Louis, duc d'Orléans, qui, après son avénement au trône de France sous le nom de Louis XII, sollicita et obtint du pape la dissolution de son mariage. La princesse répudiée renonça dès lors au monde : elle institua en 1500 l'ordre des Annonciades, en prit l'habit en 1504 et mourut l'année suivante en odeur de sainteté. Sa vie a été écrite plusieurs fois, entres autres par un récollet de Valenciennes, Samuel Buirette.

Jeanne de Valois est représentée dans le costume de l'ordre religieux qu'elle avait fondé, robe grise et scapulaire écarlate; elle porte la couronne royale et le manteau fleurdelisé. D'une main elle tient un livre fermé et pose l'autre sur une tête de mort. Dans le haut du tableau, à gauche, la Vierge et son fils, portés sur des nuages, apparaissent à la fondatrice des Annonciades.

Ce tableau a été donné au Musée par M. A. Dinaux.

222 **Portrait de Philippe de Lamine, trente-troisième abbé de Saint-Jean, à Valenciennes.**

Toile, h. 1 00 — l. 0 90.

Il fut nommé en 1610 et tint la crosse jusqu'en l'année 1635; sa devise était : *De cœlo fortitudo mea.* Ses armoiries, peintes daus le haut de la toile sont : *d'azur au lion d'or, à la bordure engrêlée de même.* Ce portrait a été peint en 1631. Donné par M. A. Dinaux.

223 **Portrait de Louis Lemercier, 35e abbé de Saint-Jean, à Valenciennes.**

Toile, h. 1 00 — l. 0 90.

Ce prélat a écrit et publié l'histoire de son abbaye qu'il dirigea de 1642 à 1650. Il avait pour devise : *Patientia vincit.* Ses armes sont : *d'azur à la bande de sable chargée de 5 losanges d'or, accompagnée de deux étoiles d'or.* Donné par M. A. Dinaux.

224 **Portrait d'un chevalier de la Toison d'Or.**

Buste. Toile, h. 0 80 — l. 0 63.

225 **Portrait de jeune homme.**

Buste vêtu de brun. Toile, h. 0 62 — l. 0 45.

226 **Portrait d'une femme inconnue.**

Toile, h. 0 90 — l. 0 72.

Elle porte une robe en soie bleue brodée, à la mode du commencement du 18e siècle.

Ce tableau faisait partie de la collection du général Despinoy. L'auteur du catalogue de ce cabinet qui inscrivait le portrait de M. de Julienne (n°181) sous le titre de *Carle Vanloo peint par lui-même*, donnait celui-ci, qui lui fait pendant, comme représentant la femme du peintre, la Somis, célèbre actrice ; mais la fausseté bien reconnue de la première attribution doit raisonnablement laisser des doutes sur la valeur de l'autre.

227 **Portrait de Gaspard de Coligny, amiral.**

Né à Châtillon-sur-Loin le 16 février 1517, mort à Paris pendant le massacre de la Saint-Barthélémy, nuit du 23 au 24 août 1572. Bois, h. 0 55 — l. 0 46.

École de Porbús.

228 **Portrait de Maurice de Nassau, prince d'Orange.** Toile, h. 0 80 — l. 0 62.

229 **Portrait en pied de Louis XIV, costume royal.** Toile, h. 2 10 — l. 1 40.

Donné à la ville de Valenciennes en 1680, trois ans après la conquête. L'inscription qui surmonte le cadre de ce tableau ne fut placée que lors de la restauration des Bourbons, par l'ordre de M. Desfontaines de Preux, alors maire de la ville.

230 **Portrait de Louis XIV, buste armé.**

Toile, h. 1 18 — l. 0 88.

231 **Portrait de Madame de Cantecroix.**

Copie d'après Van Dyck. T. h. 0 64 — l. 0 56.

232 **Portrait du vicomte Gédéon-Jacques Desandrouin, né à Lodelinsart le 25 mai 1681, mort au même lieu le 16 novembre 1761.** Toile, h. 0 80 — l. 0 65.

Ce seigneur doit être considéré comme le fondateur de l'importante compagnie des mines de charbon d'Anzin. C'est lui qui commença en 1717 les travaux pour la recherche de la houille dans le Hainaut, en société avec son frère Pierre, directeur d'une verrerie à Fresnes, Pierre Taffin et les frères Pierre et Christophe Mathieu.

233 **Portrait du marquis de Cernay.**

Toile, h. 0 66 — l. 0 50.

Augustin-Marie Le Danois, seigneur de Raismes, commandeur de l'ordre royal et militaire de St.-Louis en 1748, lieutenant-général des armées du Roi en 1749, grand'croix de St.-Louis en 1766, grand maréchal héréditaire du Hainaut, naquit le 14 mai 1710 et mourut à Raismes le 17 juillet 1784. Il fut l'un des fondateurs de la compagnie des mines de charbon d'Anzin.

234 **Autre portrait du même personnage.**

Toile, 0 75 — l. 0 62.

Il est décoré du cordon rouge. Ses armoiries sont sculptées sur le cadre.

235 **Portrait du baron Antoine-Gabriel-Venance Rey, général de division, commandant la place de Valenciennes pendant le siége de 1815. — Né le 22 sept. 1768 à Milhau, en Rouergue, mort en 1836.**

Donné par la famille. Toile ovale, h. 0 73 — l. 0 60.

236 **Portrait en pied de Louis-Philippe Ier, dans le costume de lieutenant-général des gardes nationales de France.**

Toile, h. 2 83 — l. 1 90.

Copie d'après Louis Hersent, donnée à Valenciennes par le ministre de l'intérieur en 1838.

237 **Hussard du comte Esterhazi jouant de la cornemuse** Toile, h. 1 50 — l. 1 20.

Comme le comte Esterhazi, en sa qualité de commandant du Hainaut et du Cambraisis faisait sa résidence à Valenciennes (vers 1789), il y a lieu de supposer que cette peinture est l'œuvre d'un artiste du pays ; néanmoins il serait difficile de lui donner une attribution plausible.

238 **Tête de vieillard.** Toile, h. 0 44 — l. 0 38.

239 **Tête de vieillard, profil perdu.** T. h. 52—l. 45.

240 **Tête de Saint Paul, apôtre.**

241 **Tête de Saint Mathieu, apôtre.**

Deux bois, h 0 60 — l. 0 68.

Ces deux têtes paraissent appartenir à l'école de Rubens.

242 Tête de vieille femme. Toile, h. 55 — l. 45.
École de Rembrand.

243 Vue générale de Valenciennes sous la domination dela maison d'Autriche et postérieurement à Charles V. T. h. 0 96 — l. 1 60.
Le point de vue est supposé sur les hauteurs de la Briquette, près de la chaussée de Famars.

244 Vue de l'Abbaye de Saint-Amand.
V. nº 121 Toile, h. 0 52 — l. 0 72.

245 Intérieur d'église. Toile, h. 1 12 — l. 1 70.

246 Intérieur d'église. Toile h. 0 48 — l. 0 46.

247 Intérieur d'église. Toile h. 0 75 — l. 1 08.

248 Marine. Toile, h. 0 36 — l. 0 43.

249 Marine. Toile h, 0 20 — l. 0 26.

250 Marine. Toile h. 0 20 — l. 0 26.

251 Verre, vase, citron, orange sur une table.
Toile, h. 65 — l. 0 55.

252 Vases, coupe, citrons et roses.
Bois, h. 0 36 — l. 0 55.

253 Jambon, vases, etc. Bois h. 36 — l. 0 55.
Ces 3 tableaux appartiennent à l'école de David de Heem.

254 Esturgeon pris le 7 mai 1617 à Valenciennes, dans l'Escaut, vers l'arche du premier pont, près Saint-Vaast.
Toile, h. 1 36 — l. 2 90.

255 Esturgeon pris le 24 avril 1648, dans la rivière d'Escornaix, à l'opposite de la ruelle Haproise. Toile, h. 1 05 — l. 2 90.

256 Esturgeon pris dans l'Escaut, près des moulins de Notre-Dame, dans une happlourde, par des bourgeois, le 23 juillet 1698. Toile, h. 1 00 — l. 2 65.

257 Esturgeon pris par des bourgeois dans la rivière d'Escornaix, près de l'écluse de la citadelle, le 15 juin 1704.
Toile, h. 1 50 — l. 3 66.

Ces 4 tableaux fort curieux ont décoré longtemps le Musée d'histoire naturelle ; on les a remis depuis à la place qu'ils occupaient primitivement dans la salle des Pas Perdus de l'ancien Tribunal de première instance, 1er étage de l'Hôtel-de-Ville.

MINIATURES, DESSINS.

BAISIER, Pierre-François-Joseph, *né à Valenciennes en* 1800, *médailliste de l'Académie et pensionnaire de la ville en* 1818, *élève d'Aubry, peintre en miniature.*

258 Portrait de Mme *** Miniature ronde; diamètre, 0 10.

BERNIER.

259 Plan de Valenciennes. Lavis, h. 3 80 — l. 3 80.

Dessiné sous la direction de MM. Prouveur de Pont, procureur de la commune, Jason Geoffrion, Daguin, Dorgeville et Carette, commissaires.

Extrait du registre des délibérations du conseil général de la commune ; séance du 20 juillet 1790. — Délibéré que MM. Daguin, Dorgeville et Carette travailleraient comme commissaires-adjoints à MM. Jason Geoffrion, avec le procureur de la commune, au projet d'alignement des rues de cette ville.

Séance du 20 novembre 1790.— Il a été proposé par M. Jason Geoffrion de poser le grand plan de la ville de Valenciennes dans la salle de Louis XV, vis-à-vis la cheminée, de l'entourer d'une boiserie et de garnir le devant dudit plan en glace. — Délibéré d'exécuter le projet de M. Jason Geoffrion et de placer le tableau de Louis XV dans la même chambre s'il est possible, sinon dans un endroit le plus convenable de l'hôtel de la commune.

Sont signés : P.-J. Carette, Dorgeville, C. Leroy, Baudoux, Jason Geoffrion, J. Verdavainne, Adrien Prouveur, Bernier, Preuvost, Herent, Brabant, Souplet, D. Ravestain, fils, Mallet-Dufresnoy, de Retz, Waroquet.

BONNET, *dessinateur ; 2e moitié du 17e siècle.*

0 **Prise de Condé par Louis XIV, 27 avril 1676.** Gouache sur vélin rehaussée d'or, h. 41 — l. 35.

Au bas du dessin, dans un cartouche placé au milieu des encadrements, on lit cette inscription :

« Cette place, maintenant une des plus fortes places des Pays-Bas, étoit déjà très considérable et par sa situation au confluent de l'Escaut et de la Haine, et mesme par ses fortifications. Le Roi l'assiégea en personne et après trois jours de trenchée, ayant fait attaquer tous les dehors en une mesme nuit, l'emporta d'assaut le 27 avril 1676. Le gouverneur et mille hommes de garnison qui estoient dedans furent prisonniers de guerre. »

CELLIER Célestin. (*V. à la peinture*).

1 **Cadre de croquis,**

Comprenant 22 numéros, savoir :

1, 5 et 12, — Eglogues portant les dates 1776, 1777 1779.

2, 4, 16, 17, 19, 20, 21, 22, — Croquis d'après quelques élèves de l'auteur.

3 — Scène de la vie de Saint Dominique.

8 — Portrait de dame Anne-Joseph Plichon, femme Duquesnoy.

9 — Dragon du régiment du prince Lambesc.

10 — Saint Jean-Baptiste adore l'Enfant Jésus à qui des anges apportent l'instrument de son supplice. Lavis.

11 — Saint Pierre et Saint Paul. 1781.

13 — Croquis de détail pour le sujet portant le nº 3. Esquisse à l'huile.

14 — Paysage.

15 — Portrait de Dom N. Trécat, dernier abbé d'Hasnon.

262 Cadre de croquis,

Comprenant 6 numéros.

1 — Saint prélat guérissant un aveugle.

2 — Présentation au temple, 1780. — Ce sujet a été exécuté pour les religieuses dites *du Lion d'or*, à Valenciennes.

3 — Crucifiement.

4 — Esquisse du tableau portant le nº 36. On y voit la signature de M. de Pujol.

5 — Paysage, 1777.

6 — Jeux d'enfants, 1774.

Ces croquis ont été donnés par le fils de l'auteur.

COLIEZ, Adrien-Norbert-Joseph. (*V. à la peint.*)

263 Petit paysage. Gouache, h. 0 19 — l. 0 27.

Des pêcheurs relèvent leurs filets.

Donné par M. J.-B. Foucart en 1860.

264 Perspective. Projet de décoration; dessin à la plume.

Donné en 1843 par M. Aug. Meurice.

DUMONT, Jacques-Philippe, *né à Valenciennes le 14 août* 1746, *mort à Paris en* 1821, *élève de F.G. Durez et de Clodion.*

265 Entrée triomphale de Louis XV à Valenciennes (1744).

Bataille de Fontenoy. Lavis, h. 0 21 — l. 0 25.

Projets de bas-relief pour le piédestal de la statue de Louis XV, par Saly, présentés à MM. du Magistrat le 16 août 1780. Ces compositions n'ont pas été exécutées.
Donné par M. Direz aîné, maire.

GUERIN, Pierre-Narcisse. (*V. à la peinture*).

Croquis d'ajustement d'après Talma.
Dessin au crayon noir sur papier blanc.

Mort de Priam.
Calque au crayon noir, rehaussé de blanc.

Croquis pour le tableau de la séduction.
Papier teinté.

Essai de composition du tableau de Céphale et l'Aurore. Calque sur papier teinté.

Autre projet pour la même composition.

Deux croquis pour le même tableau.

Figure de Céphale.
Etude au crayon noir, rehaussée de blanc.

8 croquis divers pour les tableaux de l'Aurore et de la Séduction.

Ces dessins, légués par l'auteur à M. J. Potier, son élève, ont été donnés par celui-ci au Musée de Valenciennes.

HIRSCH, *né à Vienne (Autriche), seconde moitié du* XVIIIe *siècle.*

Portrait de M. Charles Bouchelet de Berlaimont, Miniature, h. 12 — l. 09 .

« Décédé à Vienne en 1819, âgé de 62 ans, mayeur de Valenciennes, membre de l'assemblée des notables à Paris, 1789, conseiller intime de l'empereur d'Autriche. Peint à Vienne par Hirsch.

« Ce portrait après ma mort appartient à M. le baron
« Taylor, notre cousin.

» Marie Walwein, le 2 juin 1843. »

« M. le baron Taylor, membre de l'institut, vice-président de la société du Nord à Paris, a remis ce portrait en janvier 1854 à M. A. Dinaux, doyen de l'académie de Valenciennes, pour être offert en son nom au Musée de Valenciennes, afin d'y conserver le souvenir d'un ancien notable de cette ville. »

Cet article reproduit textuellement les notes inscrites derrière le portrait.

HUGUENY, Laurent-Benigne-Joseph, *né à Valenciennes le* 9 *mai* 1767, *mort dans la même ville le* 27 *novembre* 1814, *élève de Célestin Cellier et Momal, à Valenciennes; de Doyen et Vincent, à Paris.*

276 Portrait de l'auteur.

Dessin au crayon noir sur papier blanc. Donné au musée, en 1843, par sa sœur Adelaïde Hugueny.

LANTARA, Simon-Mathurin, *né près de Montargis en* 1745, *mort à Paris en* 1778.

277 Paysage.

Un château-fort assis sur un rocher dont une rivière baigne la base.

278 Paysage.

Vue extérieure d'une ferme. Dans le lointain, on voit un port et une colline fortifiés.

Ces dessins sont exécutés à la pierre noire sur papier blanc.

PETIAUX, Casimir, *architecte de la ville de Valenciennes, né à Raismes le 19 novembre 1807, élève de MM. Aubert Parent et Lebas.*

Petit paysage. Sepia.

PARENT, Aubert-Joseph, *né à Cambrai en 1754, professeur de l'école d'architecture de Valenciennes lors de sa fondation en 1813, mort en cette ville en 1835. (V. à la sculpture).*

Petite académie. Dessin à la plume et au lavis.

Au bas on lit cette note de la main de l'auteur : « Esquisse de première pose d'académie faite à Rome par Aubert Parent en 1783. »

Petite académie. Dessin à la plume et au lavis.

On lit au bas : « Première pose de l'Académie que j'ai faite à Rome en 1783 et posée par moi, Aubert Parent, élève de l'Académie royale de Paris et Rome. »

PETTIAU, Auguste, *né à Valenciennes, élève et médailliste de l'Académie,* et

MANACH, Edouard, *né à Valenciennes, aussi élève et médailliste de l'Académie.*

Suite de trente-huit dessins à la mine de plomb, teintés au pastel, représentant les diverses parties de la grande marche historique des Incas, des 11, 12 et 13 mai 1851.

POTIER, Julien. (*V. à la peinture*).

283 Tête de Jupiter Olympien.
D'après le plâtre. Dessin sur papier teinté.

SENEZ, Pierre-Joseph, *né à Valenciennes le* 18 *décembre* 1800, *mort dans la même ville le* 16 *décembre* 1833. *Elève de MM. Aubert Parent et Gillet.*

284 Vue du catafalque élevé sous la direction de M. Legrand-Parent, dans l'église de St-Géry, à Valenciennes, le 1er octobre 1824, pour le service funèbre du Roi Louis XVIII. Aquarelle, h. 0 28 — l. 0 19.

WATTEAU, Antoine. (*Voir à la peinture*).

285 Des scaramouches.
Croquis à la sanguine sur papier blanc.

286 Une femme à genoux tendant son tablier.
Croquis aux deux crayons sur papier blanc.
Ces deux dessins ont été gravés.

287 Deux promeneuses ; dans le fond un homme se penche au-dessus d'une balustrade. Croquis à la sanguine sur papier bleu.

Les trois ouvrages ont été donnés par M. Meurice.

GRAVURES, LITHOGRAPHIES.

AUVRAY, Hippolyte-Alexandre, *né à Cambrai le 15 mars* 1798, *élève de l'Académie de Valenciennes ; mort en cette ville en* 1860.

Vue de la Grande Place de Valenciennes.

Cette vue est prise du premier étage de la maison dite *le Ciseau d'or*. Les figures représentent la marche carnavalesque de *Bimbin*, origine des grandes fêtes historiques des Incas. Lithographie, h. 0 33 — l. 0 50.

BAISIER, Pierre-François-Joseph (*V. aux dessins*).

La marche des Incas, en 1840.

Lithographie, h. 0 21 — l. 0 32.

BÉCAR, Edmond, *né à Valenciennes le* 13 *octobre* 1812, *élève de son père, Pierre-Louis Bécar, et de Paul Delaroche.*

Marche des Incas. H. 0 25 — l. 0 51.

Lithographie d'après le tableau de Dangréau (*V. à la peint.*)

Donné par M. A. Prignet.

BERVIC, Charles-Clément-Balvay, *né à Paris en* 1756, *mort en* 1822.

Portrait de M. Gabriel Senac de Meilhan, dernier intendant du Hainaut.

Au bas de la gravure, deux anges soutiennent les armes de ce magistrat, qui étaient *d'or à deux fasces d'azur;* on y lit aussi cette légende : *Valencenensis civitas beneficiorum memor offerebat anno M.DCC.LXXXIII.*

Gravure d'après J.-G. Duplessis. H. 0 49 — l. 0 33.

BONNART, Robert-François, *né à Paris en* 1646.

292 Valenciennes prise d'assaut et sauvée du pillage par la clémence du Roi, 16 mars 1677. H. 0 59 — l. 0 95.

Gravure d'après Van der Meulen. (Chalcographie du Louvre)

Donné par M. Piérard.

DANGREAU, Antoine. (*V. à la peinture*).

293 La marche des Incas.

Lithographie d'après son tableau. H. 0 40 — l. 0 52.

Donné par M. A. Prignet

DAVID, (A).

294 Diplôme d'honneur décerné à la Société des Incas de Valenciennes par la Société des Fêtes de charité de Bordeaux. 1852.

Lithographie d'après J. Palisse. H. 0 40 — l. 0 60.

DURIG, Jean-Joseph, *né à Strasbourg le* 13 *octobre* 1750, *mort à Lille le* 16 *février* 1816.

295 Vues diverses, prises à Valenciennes.

Cette gravure a été exécutée pour orner le couvercle d'une cassette contenant quatre pièces de batiste présentées à la Reine Marie-Antoinette lors de son passage à Valenciennes en décembre 1778. Les vues qu'on y remarque sont celles de la maison échevinale, du beffroi avec la statue de Louis XV, et d'une des portes de la ville. Dans le haut du cartouche se voient les armoiries de la Reine, celles du prince de Tingry, gouverneur de la place, et de l'intendant du Hainaut, Sénac de Meilhan. H. 0 22 — l. 0 38.

FLIPART, Jean-Jacques.

6 Le Gâteau des Rois.

Gravure d'après Greuse. H. 0 55 — l. 0 66.

GAILLARD, (R.)

7 La malédiction paternelle.

Gravure d'après Greuse. H. 0 55 — l. 0 66.

HOUISTE, François, *né à Paris en* 1794.

8 L'Arc de Triomphe de l'Etoile,

Gravure, d'après Dumouza, h. 0 49 — l. 0 65.

LEBAS, Jacques-Philippe, *né à Paris en* 1708, *mort en* 1783.

99 Le retour à la ferme.

Gravure d'après Berghem. H. 0 43 — l. 0 64.

LEMAIRE, Philippe-Henri. (*Voir à la sculpture*).

00 Fronton de la Madeleine.

Trait lithographié. h. 9 13 — l. 0 49.

LEMPEREUR, Louis, *né à Paris vers* 1723, *mort en* 1796.

01 Les Amours surpris par les Grâces.

H. 0 48 — l. 0 60.

02 Les Grâces surprises par les Amours.

Mêmes dimensions.

Ces deux estampes, gravées d'après Lagrenée aîné, sont un envoi de l'auteur pour sa réception à l'Académie de Valenciennes, 1er octobre 1787.

MASSARD, Jean, *né à Belesme en 1740, mort en 1822.*

303 La mère bien-aimée.

Gravure d'après Greuse. h. 0 48 — l. 0 61.

MOMAL, Jacques-François. (*Voir à la peinture*).

304 Portrait de Gabriel-Antoine-Joseph Hécart.

Ce littérateur, né à Valenciennes le 24 mars 1755, mourut dans la même ville le 19 novembre 1838. Il a donné lui-même, à la suite des « Serventois. » une liste de ses ouvrages imprimés, qui a été reproduite dans la *France littéraire*. Donné par M. Abel Hécart.

Gravure à la roulette, en manière de crayon. h. 0 8—l. 0 7.

NOEL, (N.)

305 Portrait de Mgr. Louis Belmas, évêque de Cambrai.

Né à Montréal le 11 août 1757, il fut sacré au mois d'octobre 1800 et mourut à Cambrai en 184

Lithographie d'après le dessin de M. Balsier, h. 12 — l. 11.

POTIER, Antoine-Julien. (*V. à la peinture*).

306 Cadre contenant plusieurs vignettes gravées d'après ses dessins.

1 et 3.—Contes arabes.
2.—Noë bénissant Sem et Japhet et maudissant Cham.
4.—Portrait de Madame la duchesse de Berry et de ses deux enfants.

5.—Le petit Savoyard.
6.—Portrait de Napoléon.
7 et 9.—Sœur Laure.
8.—Les fourberies de Scapin.

307 Son Altesse royale Monseigneur le duc d'Angoulême aux batteries de Santi Petri, le 28 septembre 1823. Lithographie d'après Picot.

PUJOL (de) de MORTRY, Alexandre-Denis-Joseph, baron de la Grave, *né à Valenciennes le* 22 *décembre* 1737, *mort le* 30 *août* 1816. (*Voir son portrait n°* 150).

308 Cartouche servant aux francs-maçons de Valenciennes pour leurs diplômes, gravé d'après le dessin de Louis Watteau et signé P. M. 1771.

Imprimé sur parchemin.

ROUSSEAU, Ferdinand-François, *né à Lille en* 1784, *mort à Valenciennes en* 1852.

309 Plan de la ville de Valenciennes.

H. 0 61 — L. 0 90.

310 Plan de la ville de Lille. H. 0 66 — L. 8 97.

311 Carte de l'arrondissement de Valenciennes

H. 0 45 — L. 0 59.

TASSAERT, Pierre-Joseph, *né à Bruxelles* (XVIIIe siècle).

312 Lapidation de Saint Étienne.

« Gravé d'après l'original de P.-P. Rubens au cabinet de S. E. Monseigneur le comte de Cobenzl, ministre plénipotentiaire de S. M. I. R. et Apostol. à Bruxelles, chevalier de la Toison d'or. »

Cette gravure, qui reproduit la partie centrale du

triptyque de Rubens, a été exécutée d'après un dessin, comme l'indique la signature *P.-P. Rubens delineavit*. Ainsi s'expliquent les variantes que l'on y remarque.

Donné par M. Grandfils. H. 0 51 — L. 0 34.

313 Collection de lithographies sorties des presses de M. Prignet, Jean-Athanase.

1° DENIMAL, (Désiré-Joseph), *né à Valenciennes le* 13 *janvier* 1801, *mort dans la même ville en* 1853.

Tombeau de Jeanne de Valois à l'abbaye de Fontenelle.
Château d'Esclaibes.
Abbaye de Lobbes.
Abbaye de Fontenelle.

2° BARRÉ, (H.-L.)

Copie de la tapisserie du Musée de Valenciennes, gravée à la pointe sèche par Torris de Dunkerque.

3° ANGHENA, de Mons.

Portrait de Rolland de Lassus (Orlando Lasso),

4° VILLARS, (Irénée-Adolphe-Emile), *né à Valenciennes le* 21 *juillet* 1821.

Vignette.

5° WACQUET, de Lille.

Portrait de Jean Zvallard, d'après N. Boniface.

6° MACAIRE, (Henri-Arsène), *né à Paris en* 1814.

Vue de Fontainebleau.
Vue de l'ancienne porte de Tournay à Valenciennes.
Vue prise du rempart au-dessus de la porte du Quesnoy.
Paysage, d'après Garbé.
Marine, d'après Lepoitevin.
Frontispice, d'après Lantara.
Tour de Saint-Amand.

314 Portrait de Saint Vincent de Paul.

Gravure non signée. H. 0 72 — L. 0 52.

SCULPTURE.

AUVRAY (Louis), *né à Valenciennes, le 7 avril 1710, médailliste de l'Académie de Valenciennes et pensionnaire de la ville ; élève de David, d'Angers.*

315 Statue d'Euterpe, muse qui préside à la musique. Plâtre, h. 1 60.

316 Thésée terrassant le Minotaure. Bas-relief. Plâtre, h. 0 83 — l. 0 86.

317 Buste de Saly, sculpteur valenciennois. Marbre.

318 Un des fils de Laocoon.

Copie donnée à la ville par M. Meurice. Plâtre.

319 Buste d'Auvray (Félix). Plâtre.

320 Buste de Milhomme, sculpteur valenciennois Plâtre.

321 Buste du compositeur Lesueur (Jean-François).

Ce plâtre, moulé sur le buste en marbre exécuté en 1840 pour l'Institut, a été offert en don à la ville de Valenciennes, par Madame veuve Lesueur qui y a joint un exemplaire de l'œuvre de son époux, destiné à la bibliothèque publique.

322 Buste d'Antoine Watteau.

323 Médaillon de M. Léonce de Fieuzal,

ex-professeur de sculpture à l'Académie de Valenciennes et membre de la Société des Sciences de la même ville, décédé le 3 novembre 1842, âgé de 74 ans et deux mois. Plâtre. Diamètre, 0 27.

BRA (Théophile), *né à Douai le 24 juin 1797.*

324 Buste de Charles X.

325 Buste de Foy (Maximilien-Sébastien), lieutenant-général et député.

Né à Ham en 1775, mort en 1825.

326 Buste de Benjamin Constant de Rebecque, orateur et publiciste.

Né à Genève en 1767, mort le 6 décembre 1830.

CADET DE BEAUPRÉ (Jean-Baptiste-Antoine), *premier professeur de sculpture à l'Académie de Valenciennes, né à Besançon en 1758, mort à Lille en 1823.*

327 La ville de Valenciennes protégeant les Arts.

Bas-relief exécuté en concours pour la place de professeur à l'Académie en 1785. Plâtre, h. 0 62—l. 0 50.

328 Buste portant la date de 1784.

Donné par M. Meurice. Plâtre.

329 Buste de Voltaire. Plâtre.

330 Buste de Duchesnois. Plâtre.

CADET DE BEAUPRÉ (César-Maximilien-Aimé-Jean-Baptiste), *fils du précédent, né à Valenciennes le 23 janvier 1786, mort en Allemagne vers 1806; élève de son père.*

331 Un Hercule combattant. Plâtre.

CARPEAUX (Jean-Baptiste), *né à Valenciennes en 1827, ex-pensionnaire de la ville à l'école des beaux-arts, grand prix de Rome en 1854; élève de MM. Rude et Duret.*

332 La coupe de Benjamin. Bas-relief.
Plâtre, h. 0 23 — l. 0 30.

Ce travail, présenté à l'Académie de Valenciennes, a fait obtenir à l'auteur le titre d'agréé; 22 mai 1849.

Achille blessé au talon par la flèche de
333 Pâris. Plâtre, h. 1 10.

· Mention honorable au concours des prix de Rome de 1850.

334 **Philoctète dans l'île de Lemnos.**

Plâtre, h. 1 10.

Cette figure, exécutée en loge en 1842, a obtenu le 2e prix de Rome.

335 **Hector tenant dans ses bras son fils Astyanax.** Plâtre, h. 1 25.

Premier grand prix de Rome en 1854.

336 **Petit pêcheur napolitain.** Plâtre, h. 0 90.

Il approche de son oreille une grosse coquille et s'amuse à écouter le bruit des flots qui s'y répercute.

Cette figure, exécutée à Rome comme envoi de 3e. année, figurait en bronze au Salon de 1859 et y obtint une médaille de 2e classe. Ce bronze a été acquis par M. de Rothschild et l'auteur vient d'être chargé par le gouvernement d'en exécuter une copie en marbre, destinée au Musée du Luxembourg.

Ces différents objets ont été offerts par M. Carpeaux en hommage à sa ville natale.

CHAUDET (Antoine-Denis), *né à Paris en* 1763, *mort dans la même ville en* 1810.

337 **Buste de Napoléon Ier.** Plâtre.

CRAUK (Gustave), *né à Valenciennes en* 1827, *médailliste de l'Académie et pensionnaire de la ville, grand prix de Rome en* 1851 ; *élève de MM. Ramey, Dumont et Pradier.*

353 **Statuette de Fénélon, archevêque de Cambrai.** Plâtre, h. 0 43.

539 **Combat des Grecs et des Troyens sur le corps de Patrocle.** Bas-relief, h. 1 10 — l. 1 60.

Premier grand prix de Rome en 1851.

540 **Buste de M. Julien Potier, ancien professeur de peinture à l'Académie de Valenciennes.** Marbre.

Sur l'une des faces du socle on lit ces mots : *Hommage de ses élèves, Charles, Adèle* et *Gustave Crauk.*

Ces ouvrages ont été offerts par l'auteur à sa ville natale, en témoignage de sa reconnaissance.

DANTAN (aîné), Antoine-Laurent, *né à Saint-Cloud.*

541 **Buste de Melle Rachel, sociétaire de la Comédie française.** Composition plastique.

Acquis par la commission du Musée à la suite d'une exposition d'œuvres modernes, organisée à Valenciennes en 1850, par la *Société des artistes* de Paris, pour faciliter l'émission des billets d'une loterie nationale au profit de la caisse de secours des gens de lettres et artistes.

DAVID (d'Angers).

542 **Médaillon de Casimir Périer.**

Exécuté en 1831. Plâtre : diamètre, 0 60.

DEBAY (Jean-Baptiste-Joseph), *le père, né à Malines en* 1797.

543 **Buste du baron Gros (Jean-Antoine), peintre d'histoire.**

Né à Paris en 1771, mort dans la même ville en 1835.

Donné au Musée par M. A. Prignet ; il provient de la vente après décès du peintre David.

DUMONT (Jacques-Philippe), *né à Valenciennes le* 14 *août* 1745, *mort à Paris en* 1821, *élève de Durez et de Clodion. Il était membre de l'Académie de St.-Luc.*

344 Buste de M. de Pujol de Mortry. Terre cuite.

Ce modèle devait être exécuté en marbre pour décorer le monument que l'on se proposait d'élever au fondateur de l'Académie de Valenciennes, dans l'église de St.-Nicolas. Antérieurement, en 1812, il avait été placé sur une colonne tronquée dans la salle principale de l'Académie.

345 Le pilote du roi Mélas. Plâtre, h. 0 73.

Jeté par la tempête sur un rocher avec les débris de son vaisseau, il y est attaqué par un serpent.

C'est sur la présentation de ce travail que l'auteur fut reçu, le 7 septembre 1787, membre de l'Académie de Valenciennes ; la figure a été restaurée en 1829, par M. Léonce de Fieuzal.

DUMONT (Auguste-Alexandre), *membre de l'Institut, né à Paris en* 1801.

346 Buste du baron Guérin.

Ce buste, exécuté en marbre blanc, est placé à Rome dans l'une des salles de l'école de France, comme un témoignage de la reconnaissance des pensionnaires envers leur ancien directeur.

DUREZ (François-Joseph), *né à Valenciennes en* 1732, *mort à Paris en* 1818 ; *élève de Gilis. Il fut recteur et prince de l'Académie de St.-Luc.*

547 **Diogène cherchant un homme.** Plâtre, h. 0 78.

Durez avait envoyé cette figure avec une autre représentant *Démocrite* et qui a été détruite, comme morceaux de réception à l'Académie de Valenciennes (17 juillet 1788).

Les deux ouvrages ont été exposés à Paris au Salon de 1791.

DUREZ (Francisque-Joseph), *né à Paris en* 1806, *membre de l'Institut, chevalier de la Légion-d'honneur, fils de François-Joseph Durez* (voir ci-dessus).

548 **Mercure inventant la lyre.** Plâtre, h. 1 70

Don du gouvernement. L'original en marbre figurait au Salon de 1831; acquis par le ministère, il servit à décorer le Palais-Royal et fut malheureusement brisé pendant les premiers jours de la Révolution de 1848.

FIEUZAL (Pierre-Narcisse-Félix-Léonce de), *né à Paris le* 20 *septembre* 1768, *mort à Valenciennes en* 1842. *Il avait succédé en* 1809 *à Cadet de Beaupré, en qualité de professeur de sculpture à l'Académie de Valenciennes, et remplit ces fonctions jusqu'en* 1840.

549 **Buste de Louis XVIII, roi de France et de Navarre.** Marbre.

550 **Buste de Louis-Philippe Ier, roi des Français.**

Sculpté en marbre, d'après le modèle exécuté par Henri Lemaire.

551 **Petit buste de Jean-Jacques Rousseau.** Plâtre.

552 Buste du tragédien Talma.

Copie d'un buste de Milhomme. Plâtre.

553 Buste de Momal, professeur de peinture à l'Académie de Valenciennes.

Donné par les dames Dessain et Adeline Momal, après la mort de leur père, 1832.

554 Buste de Coliez, peintre-décorateur.

Donné par Mademoiselle Coliez en 1825.

555 Trois écussons composant les armes de Valenciennes.

Bas-reliefs en plâtre, h. 0 68 — l. 0 58.

556 Hercule et Omphale. Groupe en plâtre, h. 0 68.

557 Samson vainqueur d'un lion.

Groupe en plâtre, h. 0 80.

558 Le Zèle personnifié par un vieillard.

Il a pour attributs une lampe, des livres et une discipline, afin de montrer qu'il doit dissiper les ténèbres de l'ignorance et châtier l'erreur. Plâtre, h. 1 70.

559 Esquisse en terre cuite de la même figure.

h. 0 49.

FIKAERT, *voir* VERBOECKHOVEN.

FLATTERS (N.), *né à Crevelt, ancien département de la Roer.*

560 Buste de Catherine-Joséphine Rafin, dite *Duchesnois*. Plâtre.

FRANCHEVILLE (Pierre), *né à Cambrai en 1548, mort à Paris sous le règne de Louis XIII, élève de Jean de Bologne.*

Buste en marbre de Henri d'Oultreman, poète et historien de Valenciennes.

Né dans cette ville le 22 août 1546, il en fut prévôt en 1595 et 1598 et y mourut le 1er octobre 1605.

Ce beau buste faisait partie de la décoration du mausolée qui avait été élevé au prévôt-historien dans l'église de St-Jean ; lors de la démolition de ce temple, après la révolution, il fut heureusement retiré des décombres et déposé au Musée de la ville.

GAYRARD (Joseph-Raymond-Paul), *né à Clermont-Ferrand.*

Cheval d'attelage, harnaché et bridé.

Composition plastique, h. 0 65.

Acquis par la commission du Musée à la suite d'une exposition d'œuvres d'artistes vivants organisée à Valenciennes en 1850, par la *Société des Artistes* de Paris.

GILLET (André), *né à Valenciennes en 1768, mort dans cette ville en 183 . Elève de l'Académie et de son père, Joseph-Pierre Gillet, sculpteur d'ornement, il obtint en 1823 la place d'architecte de la ville en remplacement de M. Deleau.*

Milon de Crotone. H. 1 05.

Copie d'après le groupe de Edme Dumont, que possède le Musée du Louvre, morceau de réception de cet artiste à l'Académie royale.

Gillet n'avait que 18 ans lorsqu'il exécuta ce morceau à Paris en 1786 ; pour le récompenser et l'encourager dans ses études, M. de la Loge, académicien honoraire de Valenciennes, lui acheta son œuvre dont il fit hommage à la ville, en février 1788.

GRANDFILS (Laurent-Séverin), *né à Paris le 24 novembre 1810, élève de M. Dantan aîné. Il succéda à M. Léonce dans le professorat de sculpture de l'Académie de Valenciennes, le 15 novembre 1840, et prit sa retraite pour cause de santé en 1856.*

364 **Jacques Callot, peintre et graveur.**

Statuette en plâtre, h. 0 69.

Cette figure, donnée par l'auteur au Musée de la ville, faisait partie des ouvrages qu'il avait soumis à l'examen du conseil académique, à l'effet d'obtenir la place de professeur de sculpture.

365 **Statuette de M. Abel de Pujol (1846).**

Il est assis et tient à la main un album. H. 0 39.

366 **Statuette de M. Onésyme Leroy,**

littérateur, chevalier de la Légion-d'honneur, auteur des *Études sur Ducis*, de la *Femme juge et partie*, etc., etc.
H. 8 35.

367 **Buste de M. Bertéché,**

ancien directeur de la troupe d'opéra pour l'arrondissement de Valenciennes. Dédié par l'auteur aux Valenciennois.

HENNING (N.)

368 **Réduction des sculptures du Parthenon.**

Plâtre, h. 0 06.

HYOLLE (Ernest), *né à Paris en 1833, pensionnaire de la ville de Valenciennes à l'école des beaux-arts, élève de l'Académie et de M.*

569 **Romulus allant offrir aux Dieux les dépouilles de ses ennemis.** Plâtre, h. 1 20.

Figure exécutée en loge et qui a obtenu, en 1856, le second grand prix de Rome. —Hommage de l'auteur.

LEMAIRE (Philippe-Henri), *né à Valenciennes le 9 janvier 1798, élève de l'Académie de cette ville, de Milhomme et de Castellier; membre de l'Institut, officier de la Légion-d'honneur et décoré de l'ordre de Stanislas de Russie; professeur à l'école des beaux-arts.*

570 **Alexandre chez les Oxidraques.**

Bas-relief en plâtre, h. 1 08 — l. 1 50.

Premier grand prix de Rome en 1821.

571 **Enée guéri par le Dictame.**

Bas-relief en plâtre, h. 1 08 — l. 1 50.

Second grand prix de Rome en 1819.

572 **Cléombrote et Léonidas.**

Bas-relief en plâtre, h. 1 08 — l. 1 50.

Premier concours de l'auteur pour le prix de Rome en 1818.

573 **Ulysse lançant le disque.**

Ronde bosse en plâtre, h. 1 17.

Exécuté en 1820, au concours des prix de Rome.

574 **La Candeur.** Plâtre.

Cette tête d'étude, moulée en sucre blanc dans la raffinerie de M. Numa Grar, à Valenciennes, a figuré à l'exposition universelle de 1855.

Donné par M. Ledieu-Debaive.

375 **Persée montrant la tête de Méduse.**

Bas-relief en plâtre, h. 0 56 — l. 0 40.

Donné par M. Ledieu-Debaive.

376 **Buste de François Ier.** Pierre blanche.

377 **La mort du général Marceau.**

Plâtre, h. 1 78 — l. 4 20.

Modèle d'un des bas-reliefs qui décorent l'Arc de Triomphe de l'Etoile, à Paris.

378 **La ville de Valenciennes personnifiée.**

Statue en plâtre placée dans la salle du Conseil municipal.

Cette figure est un moulage de *la ville de Strasbourg*, bronze qui décore la gare de ce nom à Paris. Les armoiries seules sont changées.

LUSSIGNY (Jean), *orfèvre, né à Valenciennes le* 23 *juillet* 1690, *mort dans la même ville en* 1758.

379 **Jupiter sur son aigle portant les attributs du roi des Dieux.** Terre cuite, h. 0 12 — l. 0 21

Deux Amours tiennent relevées les draperies d'un dais sous lequel il est placé; de riches arabesques entourent ce sujet.

Ce bas-relief a été donné au Musée par le fils de cet habile artiste, M. J. Lussigny, avocat, ancien échevin et juge suppléant au Tribunal de première instance, décédé le 20 janvier 1822.

MERLIEUX (Louis-Parfait), *né à Paris le* 27 *novembre* 1796.

380 **Buste de Cuvier, naturaliste.**

Né à Montbéliard le 23 août 1769, mort à Paris le 13 mai 1832. Plâtre.

581 **Buste de Latreille, naturaliste.** Plâtre.

Né à Brives le 29 novembre 1762, mort le 6 février 1833

MILHOMME (François-Dominique-Aimé), *né à Valenciennes le 20 août 1758, mort à Paris le 24 mai 1823; élève de J.-P. Gillet, à Valenciennes, et d'Allegrain, à Paris.*

582 **Caïus Gracchus se rendant au forum pour lutter contre le consul Opimius.**

Ce bas-relief, exécuté en loge, obtint, en 1800, le premier grand prix de Rome. Plâtre, h. 1 06 — l. 1 50.

583 **Buste de Henri IV.** Plâtre.

Cet ouvrage a figuré au Salon de 1814.

584 **Projet d'une statue de Louis XV.** Plâtre. h. 1 05.

Ce modèle fut proposé sous la Restauration pour remplacer la statue en marbre du même prince, ouvrage de Saly, qui décorait avant la Révolution la place d'armes de Valenciennes. Le Conseil municipal manquant alors des fonds nécessaires pour l'exécution de ce projet, vota à Milhomme une somme de 600 fr. à titre d'indemnité.

585 **Le Génie de la marine, trophée allégorique.** Esquisse en cire, h. 0 56.

Donné par M. Désiré Tragin, ami et héritier de l'auteur.

586 **Grand modèle en plâtre du sujet précédent.** h. 2 00.

Cet ouvrage, destiné à la décoration du pont de la Concorde, n'a pas été mis à exécution. C'est un don du gouvernement au Musée de Valenciennes.

587 **Statue de Colbert.** Plâtre, h. 2 30

Ce modèle a été exposé en 1817. La statue en marbre figurait au Salon de 1819 ; elle faisait partie de la décoration du pont de la Concorde et fut plus tard transportée à Versailles, où on la voit encore aujourd'hui, au côté droit de la grande cour d'honneur.

Donné par le gouvernement.

PARENT (Aubert), (*Voir aux dessins*).

388 **Bouquet de fleurs : lilas, narcisse, tulipe, etc.** Bas-relief en bois de poirier, h. 45 — l. 27.

Au bas de la composition on lit ces mots, tracés à la mine de plomb : « Aubert Parent, fecit 1819, en faveur d'un ami des arts » ;

Et plus bas encore, la dédicace suivante, en lettres d'or : « Dédié à M. D'Aulmery, amateur des arts, par son ami Aubert Parent. »

Ce M. D'Aulmery était un administrateur de l'Académie de Valenciennes, élu en 1816.

PILON (Germain), *né à Loué, près du Mans, département de la Sarthe ; mort vers* 1590.

389 **Les trois Grâces**. Plâtre, h. 2 50, le socle compris.

Don du gouvernement.

Le groupe original, taillé dans un seul bloc de marbre, fut exécuté par ordre de Catherine de Médicis, dont l'une des Grâces est le portrait. Les trois figures supportent une urne destinée primitivement à renfermer les cœurs du roi Henri II et de la reine. Ce bel ouvrage, le chef-d'œuvre de l'artiste, décorait la chapelle d'Orléans, aux Célestins de Paris ; on le transporta pendant la révolution au musée des monuments français et en 1822 il fut placé dans une des salles consacrées à la sculpture française au Louvre.

RENAUD (J.-M.)

590 **Cadre renfermant quatre petits bas-reliefs en cire :**

1° Les Titans foudroyés. h. 0 11 — l. 0 22.
2° La famille de Niobé. id.
3° Le festin des dieux dans l'Olympe. id.
4° La danse des Nymphes. id.

C'est sur la présentation de ces bas-reliefs que l'auteur reçut le titre d'agréé de l'Académie de Valenciennes, le 2 novembre 1786, sur la proposition de M. de Pujol. L'année suivante, il fut nommé académicien ; malheureusement, son morceau de réception est perdu. Le même artiste avait encore fait hommage à l'Académie, en 1788, d'une collection de 101 médailles ou bas-reliefs de sa composition, classés dans 47 cadres ; tout cela disparut à la Révolution.

RICCIARELLI (Daniel), *plus connu sous le nom de* DANIEL DE VOLTERRE, *né à Volterra en* 1509, *mort en* 1566.

591 **Mise au tombeau.**

Bas-relief en plâtre, h. 1 00 — l. 1 30.

SALY (Jacques-François-Joseph), *né à Valenciennes le* 20 *juin* 1717 ; *élève de Gilis et d'Antoine Pater, puis, à Paris, de l'école des beaux-arts et de Guillaume Coustou ; grand prix de Rome en* 1738, *agréé de l'Académie royale en* 1750, *académicien en* 1751, *puis professeur ; directeur de l'Académie royale de Copenhague en* 1754 ; *anobli par Louis XV en* 1768 ; *chevalier de l'ordre de St.-Michel en* 1769. *Mort à Paris le* 4 *mai* 1776.

392 **Buste d'Antoine-Joseph Pater, sculpteur valenciennois.**

Né le 16 février 1670, mort le 24 février 1747 ; il est le père du célèbre Jean-Baptiste Pater. On voit de lui, dans l'église Saint-Nicolas, un *Christ sauveur du monde,* statue en marbre.

Ce beau buste (terre cuite), exécuté en 1739, est probablement le seul ouvrage de Saly qui reste en France, puisque le *Faune au Chevreau,* son morceau de réception à l'Académie royale, ne se retrouve plus et qu'il a presque toujours travaillé à l'étranger. Il a été donné au Musée par M. Sohier-Chotteau.

393 **Un des doigts de la statue en marbre de Louis XV, placée en 1752 sur la grande place de Valenciennes.**

394 **Une des jambes de la même statue.**

SCHLEIFF (Pierre), *né à Valenciennes en mort le* 14 *août* 1641.

395 **Buste de Simon Leboucq, historien.**

Né à Valenciennes le 15 juin 1591, prévôt en 1644, 1647, 1651, mort le 1er décembre 1657. Marbre.

Après la mort du prévôt S. Leboucq, on employa ce buste pour la décoration du monument funèbre qui lui fut élevé dans une des chapelles de Notre-Dame-la-Grande.

SORNET, Edme, *né à Paris.*

396 **Buste d'Antoine Watteau; 1839.** Marbre.
Donné par le gouvernement.

VERBOECKHOVEN Barthélémy, dit FIKAERT, *né à Bruxelles le 1er mars 1759, mort dans la même ville le 22 septembre 1840; élève de Duray, à Bruxelles, et de Pajou, à Paris.*

397 Un chien sur un lapin. Terre sèche.

398 Un chien sur une perdrix. Terre sèche.

399 Vénus sortant des ondes, reçue par les Heures et les Amours. Terre cuite, h. 0 35.

400 Enée portant son père Anchise. Terre, h. 0 40.

401 Hercule Farnèse. Plâtre, h. 1 92.
Donné par M. Debailliencourt.

402 Un chien au repos. H. 0 60.

403 Buste de M. Crendal, ancien lieutenant-prévôt de Valenciennes. Terre cuite.
Donné par M. Crendal de la Tourre, fils.

404 Chasse au sanglier.
Une laie, accompagnée de trois marcassins, s'efforce de résister à cinq chiens qui l'attaquent. Terre sèche.

405 Trois enfants jouant avec un chien. Terre sèche.

406 La Charité représentée par une femme qui veille sur quatre enfants groupés à ses pieds. Terre sèche.
Ces trois morceaux ont été légués par le docteur Legrand à sa ville natale, 22 septembre 1845.

VINCI (Pierrino) (de).

407 Sainte famille. Bas-relief, plâtre, h. 0 43 — l. 0 28.

ŒUVRES D'AUTEURS INCONNUS.

408 Buste de l'Empereur Napoléon III. Plâtre.

409 Buste de l'Impératrice Eugénie.

410 Buste du duc d'Angoulême. Plâtre.

411 Portrait d'un inconnu.

Médaillon ovale, en plâtre, h. 0 20 — l. 0 15.

Donné par M. Bonjour.

412 Buste de Marie d'Orléans, duchesse de Wurtemberg, Plâtre.

Née à Palerme le 12 avril 1813, morte à Pise le 2 janvier 1839.

413 Saint George vainqueur du dragon.

Donné par M. Grandfils. Groupe en marbre, h. 0 32.

414 L'enlèvement d'Europe.

Groupe en bois peint et doré, h. 0 32.

415 Jeanne Darc. Plâtre, h. 0 26.

Réduction de la statue exécutée en marbre par la princesse Marie d'Orléans, pour le musée de Versailles.

416 Faune dansant. Plâtre, h. 0 80.

Envoi du gouvernement.

417 Deux enfants groupés sur un cartouche qui porte inscrit le mot CHARITAS.

Envoi du gouvernement.

418 Sept fragments des frises du Parthenon.

Envoi du gouvernement. Moulages en plâtre.

419 Trajan, Buste en marbre.

420 Constantin, Id.

421 Pallas, Id.

422 Sénèque, Id.

423 Pâris, Id.

424 Livie, Id.

425 Junie, Id.

426 Agrippine, Id.

427 Marcus, Id.

428 Christ en ivoire placé sur un fond de velours noir. H. 0 84 — l. 0 49.

429 Groupe de Laocoon. Bronze florentin, h. 0 46.

430 Hercule portant une colonne.

Bronze florentin, h. 0 52.

431 Un gladiateur. Bronze florentin, h. 0 49.

Ces treize morceaux faisaient partie de la collection rassemblée par la famille de Croy à l'Ermitage. Ils en ont été enlevés pendant l'émigration.

RÉDUCTIONS - SAUVAGE

ENVOYÉES PAR LE MINISTÈRE EN 1859.

432 Figure du tombeau de Julien de Médicis,
D'après Michel-Ange. H. 0 90.

433 Figure du tombeau de Laurent de Médicis, dite *Il Penseroso*, D'après le même maître. H. 0 95.

434 Moïse, Id. H. 0 95.

435 L'esclave, Id.

436 Vase antique,
Les figures représentent un sacrifice. H. 0 50.

437 Vase bacchanale. H. 0 50.

438 La Nymphe Amalthée,
D'après Julien. H. 0 80.

439 Marie de Médicis représentée sous les attributs de Junon. H. 1 00.

440 Voltaire, D'après Houdon, 1781. H. 0 65.

441 Masque de l'Empereur Napoléon Ier, moulé sur nature à Sainte-Hélène, par le docteur Antomarchi.

PHOTOGRAPHIES, OBJETS DIVERS.

CARPEAUX (J.-B.) (*Voir à la sculpture*).

42 L'Empereur Napoléon III reçoit Abd-el-Kader au palais de St-Cloud.

Reproduction photographique d'un bas-relief en plâtre exposé au Salon de 1853.

GUILLAUME (Edmond), *né à Valenciennes le* 24 *juin* 1826, *médailliste de l'Académie, élève de l'école des beaux-arts et de M. Lebas.*

43 Projet de palais pour l'ambassade française à Constantinople.

Reproduction photographique du dessin qui a obtenu le grand prix de Rome en 1856.

Hommage de l'auteur.

44 Entrée de la rue de Paris, à Valenciennes.

Vue prise du balcon de l'hôtel-de-ville.

Ce travail est le résultat de la première expérience de daguerréotype faite à Valenciennes le 1er novembre 1839, par le sieur André, élève de Daguerre.

445 Tapisserie de haute-lisse représentant un tournoi. H. 4 70—L. 5 60.

Ce bel ouvrage est sorti des fabriques de Valenciennes vers la fin du 15e siècle. Il a été gravé d'après le dessin de L. Barré, d'abord sur pierre par M. Torris, de Dunkerque, puis sur cuivre et de plus grande dimension, par Madame Caroline Naudet, pour le travail de M. Achille Jubinal, sur *les anciennes tapisseries historiées.*

A la suite de la révolution, cette tapisserie garnissait les parois humides du greffe des Werps, devenu plus tard le parquet du procureur du roi. Jugée inutile, il fut question de la dépecer pour en faire des marche-pieds et si elle évita ce triste sort, c'est que les autorités du temps ne la trouvèrent pas même bonne à cet usage. On la relégua dans un galetas au-dessus du dépôt des pompes à incendie. Elle y serait peut-être encore si M. Vitet, inspecteur des monuments historiques, pendant un séjour à Valenciennes, n'avait pas été instruit par M. A. Dinaux de l'existence d'un ouvrage aussi remarquable et du lieu où il était déposé. M. Vitet reconnut la valeur de cette tapisserie sous la triple couche de poussière qui la recouvrait, et engagea fortement le Maire de la ville à la sauver d'une ruine complète en lui donnant une place digne de son importance. C'est ainsi qu'elle arriva au Musée.

Dans la relation du siége de Valenciennes par Texier de la Pommeraye, on trouve que le 30 mai 1793, cette tapisserie servit à décorer l'amphithéâtre sur lequel était placé l'autel de la patrie, lorsque les habitants jurèrent de défendre leur ville contre les ennemis de la République.

146 Grand vase en porcelaine de Sèvres.

Donné par le ministre de l'intérieur en 1849. H. 0 95.

147 Petit modèle d'une frégate de 36 canons.

148 Autre modèle d'un navire de guerre.

149 Galère de Huronie.

Modèle apporté du Canada par M. Franquet, ingénieur en chef du Roi, vers 1760.

150 Costume de Melle Duchesnois, dans le rôle de Jeanne Darc. Donné par M. Guille.

151 Quatorze étalons de mesure pour les toiles, batistes, briques, tuiles, etc.

152 Deux cuirasses en fer avec casques et gantelets.

153 Cuirasse en fer damasquiné avec casque et têtière de cheval assortis.

154 Cotte de mailles.

155 Vase antique, tuiles, meules de moulins à bras, provenant des fouilles de Famars.

Vitrines A et B.

Réduction des frises du Parthenon. (V. n° 368.)

Vitrines C D E F G.

Collection d'empreintes de pierres gravées et camées antiques.

Vitrines H I.

Suite de médailles romaines en argent, provenant des fouilles de Famars.

Vitrine J.

Médailles romaines en bronze. — Monnaies gauloises en or, trouvées à Denain et à St-Saulve.

Vitrine K.

Figurines en bronze ; objets divers en ivoire, en fer, en bronze, trouvés à Bavai et à Famars.

Vitrine L.

Poteries romaines de diverses espèces, provenant des mêmes fouilles.

Autres poteries trouvées à Haspres, canton de Bouchain, en 1859, dans un tombeau gallo-romain et données par M. Caullet.

Vitrine M.

Armes diverses.—Carquois arabe donné par M. Meurice.

Fusil pris à Constantine en 1837, donné par M. E. Despinoy, chef d'escadron, sous-chef d'état-major de l'expédition de Constantine.

Fusil russe pris en Crimée, donné par M. Lowasy de Loinville, ancien sous-préfet de Valenciennes.

Fragment de poterie de fabrique valenciennoise, trouvé en établissant les fondations de la porte Ferrand. Donné par M. Watteaux.

Vase et soucoupe en porcelaine de Lamoninary (fabrique valenciennoise). Donné par M. De Sars de Salmon.

Sceaux et cachets divers de la ville, de la loge maçonique du rite écossais, etc., etc.

Moule du méreau que recevaient, à chaque séance, les musiciens attachés à la chapelle St-Pierre.

Matrice du jeton de présence du magistrat de Valenciennes en 1789.

Matrice de la médaille des confrères de St-Jacques-le-Grand, à Valenciennes.

Clés de la ville reposant sur un coussin de satin blanc armorié. Dans le même compartiment se trouve la boîte qui les renfermait autrefois et sur laquelle on lit l'inscription suivante, tracée de la main de l'historien Simon Leboucq :

« Clef doré qui se présente aux princes souverains, comtes et seigneurs de Valenciennes, à leur première et joyeuse entrée en icelle, fabriquée de la prévôté de sire Simon Leboucq, et ses pairs et compaignons en l'estat d'eschevinaige en l'an 1648. »

Plans en relief de divers monuments de Valenciennes, exécutés vers l'année 1780, savoir : la maison échevinale, le beffroi, l'arsenal détruit pendant le siége de 1793, les casernes.

Vitrines N. O.

Grandes médailles en bronze formant la série complète des rois de France, depuis Pharamond. En double exemplaire.

Vitrine P.

Médailles historiques de Valenciennes. — Médaillons de personnages célèbres nés dans cette ville, exécutés par M. L. Auvray.

Vitrine Q.

1° Médailles des conquêtes de Louis XIV en Flandre et en Hainaut. — 2° Id. du règne de Charles X données par le gouvernement en 1830.

ADDITIONS.

CALLOT (Jacques), *né à Nancy en 1593, mort en 1635 dans la même ville.*

456 La Tentation de Saint Antoine.

H. 0 35— l. 0 47.

Donné par M. Grandfils.

PATER (Jean-Baptiste). (*V. son buste n° 392.*)

457 Saint Christophe.

Dessin à la plume et au lavis, h. 0 29—l. 0 18.

Projet d'une statue commandée par la corporation des fruitiers de Valenciennes en 1737. Le soubassement, présentant une double composition, est seul de la main de Pater. La figure, ajoutée après coup, est de Leblon, sculpteur valenciennois, lequel a cherché à reproduire la pose de la belle figure en marbre de saint Christophe, ouvrage de Piérard Marmouzet, qui décore l'église de St-Nicolas.

Donné par M. L. Cellier.

MUSÉE BENEZECH

ANNEXÉ A LA BIBLIOTHÈQUE PUBLIQUE.

NOTA.—Les objets qui composent cette collection ont été légués en 1852, à la ville de Valenciennes, avec la riche bibliothèque qu'ils accompagnent, par M. Bénezech de St-Honoré, maire de Vieux-Condé, à la condition expresse qu'il n'en serait rien distrait et que le tout, réuni dans un même local, formerait un musée particulier portant le nom du donateur.

ADRIAENSEN (*V.* n° 1).

1 **Nature morte.** Toile, h. 0 28 — l. 0 40.

Une carpe dans un plat ; quelques petits poissons.

BECAR (Pierre-Louis), *né à Paris, mort à Valenciennes en* 1848.

2 **Paysage.** Toile, h. 0 70 — l. 0 58.

La tour qui surmonte l'église, placée au centre de la composition, est dans son ensemble une imitation de celle d'Avesnes-le-Sec, village du canton de Bouchain.

BOQUET (Félix), *né à Valenciennes, élève de l'Académie de cette ville.*

3 **Charlotte Corday.** Toile, h. 0 33 — l. 0 25.

Portrait en buste peint en 1838.

BRIL (Paul), [attribué].

4 **Paysage.** Cuivre, h. 0 18 — l. 0 22.

Les figures représentent le jeune Tobie conduit par l'Ange.

EISEN (François), (*Voir* n° 73).

5 **Un astrologue.** Bois, h. 0 26—l. 0 21.

Il est assis dans son observatoire et semble méditer avant d'écrire. Autour de lui, sur le sol, sont répandus divers accessoires, un buste, des outils de sculpteur, etc.

HOUSEZ (Gustave), *né à Condé en* 182., *élève de l'Académie de Valenciennes et de M. Picot.*

6 **Portrait de M. Benezech de Saint-Honoré,**

Maire de Vieux-Condé, membre de la Société d'Agriculture, Sciences et Arts de Valenciennes, mort en 1852; donateur du musée et de la bibliothèque qui portent son nom. Toile, h. 1 00 — l. 0 80.

KUGLER (Mlle Louise).

7 **Sénèque, le philosophe.**

Porcelaine ovale, h. 0 10 — l. 0 08.

MALBRANCHE (N.)

8 **Les patineurs.**

Effet de neige. Toile. h. 0 20 — l. 0 27.

MENKEN (N.), *peintre hollandais contemporain*.

9 **Chevaux à l'abreuvoir.** Toile, h. 0 38 — l. 0 45.

MOMAL (*Voir* n° 116).

10 **Trois enfants cueillant des raisins.**

Grisaille. Toile ovale, h. 0 28 — l. 0 35.

PUJOL (Abel de). (*Voir* n° 150).

11 **Tête de vieillard.** Toile h. 0 50 — l. 0 40.

Elle porte cette signature : *Peint par Abel en* 1802.

12 **Tête d'ange.** Signée *Abel*. Toile, h. 0 54 — l. 0 26.

Ces deux ouvrages sont les premiers de l'auteur ; il les exécuta alors qu'il était encore élève de l'Académie de Valenciennes.

REYN, Jean-Baptiste (de)

13 **Un bouquet de fleurs.**

Il porte la date de 1666. Toile, h. 0 72 — l. 0 58.

TOUCONIER (N.) XVIIe siècle.

14 Portrait de Louis XIV dans sa jeunesse.

Toile collée sur bois, h. 0 20 — l. 0 18.

15 Portrait de madame de Fontanges.

Pendant du précédent.

WATTEAU (Louis). (V. no 196).

16 Portrait de Fr. Decottignies, dit *Brûle-Maison,* chansonnier lillois.

Il tient un verre de bière et entonne un de ses refrains.

Toile, h. 0 70 — l. 0 55.

OUVRAGES D'AUTEURS INCONNUS.

17 **Sainte famille.**

Un ange présente des fruits à l'enfant Jésus, debout sur les genoux de sa mère. Le jeune St.-Jean se tient derrière eux, auprès de St-Joseph, couché et tenant un livre. Cuivre, h. 0 32 — l. 0 23.

18 **La Vierge-mère embrasse la tête de son fils descendu de la croix.**

Le fond, primitivement doré, a été recouvert de couleur par un restaurateur. Cuivre, h. 0 19 — l. 0 14.

19 **Copie réduite de la Vierge miraculeuse de Cambrai.** Bois, h. 0 16 — l. 0 12

20 **Salutation angélique.** Carton, h. 0 20 — l. 0 22.

Les figures se détachent sur un fond d'or.

21 **Sainte Thérèse.**

Peinture sur albâtre, h. 0 12 — l. 0 10.

22 **Le Christ descendu de la croix.**

Bois, h. 0 38 — l. 0 30.

Il est étendu sur les genoux de sa mère que des anges entourent et consolent. — Grisaille.

23 **Sainte famille.** Toile, h. 0 38—l. 0 30.

Copie d'après Poussin.

24 Pénitence de Sainte Marie-Madeleine.
Cuivre, h. 0 21 — l. 0 16.

25 La Visitation. Bois, h. 0 44—l. 0 32.

26 Hérodiade. Toile, h. 1 30—1 00.

Un bourreau, placé à sa gauche, pose sur un plat, qu'elle tient à la main, la tête du saint précurseur; une suivante l'aide à la porter.

Copie de l'école flamande.

27 La Vierge-mère. Bois, h. 0 70—l. 0 60.

Elle est peinte au centre d'une guirlande de fleurs qui rappelle le genre de Daniel Seghers.

28 Le Christ et sa mère. Bois, h. 0 08 — l. 0 14.

Les têtes ont des auréoles dorées et les cheveux du Christ sont relevés de touches d'or. Sur le revers du panneau on lit : « Salvator Rosa, 1661. »

29 Saint Michel vainqueur du dragon.
H. 0 19—l. 0 13.

Petite gravure ornée d'un encadement formé de bandes de parchemin enroulées et dorées sur tranche.

30 David chantant les psaumes de la pénitence. Miniature, h. 0 23—l. 0 20.

31 La Madeleine. H. 0 24—l. 0 20.

32 L'Annonciation. Pendant du précédent.

33 Cérémonie religieuse dans les catacombes
Esquisse sur toile, h. 0 21— l. 0 61.

34 Procession de la Ligue.

Dans le fond on aperçoit les tours de N.-D. de Paris.

Ancien tableau sur bois, h. 0 42 — l. 0 55.

5 **Orgie espagnole.**

Un jeune page verse du vin à son maître, occupé près d'une courtisane qui tient une pipe à la main.

Toile, h. 1 00 — l. 0 90.

6 **Le Temps découvre la Vérité.**

Allégorie. Toile, h. 0 50 — l. 0 65.

7 **Le bain de Diane.** Bois, h. 0 38 — l. 0 48.

Une inscription, placée derrière le tableau, indique qu'il est attribué au Josepin.

8 **Scène de cabaret.**

Esquisse. Toile, h. 0 52 — l. 0 52.

9 **Un marchand d'allumettes.**

Bois, h. 0 23 — l. 0 17.

Le mot *Brore*, inscrit derrière le panneau, semble indiquer que cette peinture a été attribuée à Brauwer.

0 **Vieille femme faisant cuire des beignets.**

Bois, h. 0 22 — l. 0 18.

1 **Un ivrogne flamand.** Bois, h. 0 22 — l. 0 18.

2 **Intérieur rustique.**

Deux femmes s'occupent d'un tout jeune enfant. Un vieillard, assis près du feu, tient une petite fille sur ses genoux. Bois, h. 0 50 — l. 0 80.

3 **Vision d'un avare.** Bois, h. 0 54 — l. 0 85.

Sur le devant on voit des pièces d'or et d'argent dans des vases; au fond, le maître, étendu sur un lit, est tourmenté par une vision infernale. Deux petits diables portent une pancarte sur laquelle on lit la date 1617.

4 **Scène de cabaret.**

Deux vieillards, homme et femme, font une partie de cartes; un troisième personnage regarde attentivement leur jeu. Bois, h. 0 18 — l. 0 25.

45 Combat de cavalerie Toile, h. 0 55 — l. 0 80.

46 Escarmouche de cavalerie.

Genre de Ch. Breydel. Toile, h. 0 30—l. 0 35.

47 Combat contre des Turcs.

48 Pendant du précédent. Bois, h. 0 21—l. 0 26.

49 Esquisse d'après le *Petit Pouilleux*, de Murillo. Toile, h. 0 39—l. 0 30.

50 Sujet allégorique.

Un vieillard à longue barbe, vêtu de blanc, tient un vase que remplit une femme debout sur des nuages. Au second plan, un personnage couvert de vêtements entièrement noirs montre ce groupe au doigt. L'Envie est étendue sur la terre, et dans le haut de la composition la Trinité plane au-dessus des signes du zodiaque. Quatre petits génies portent une table au centre de laquelle se voit une flamme. Toile, h. 0 98—l. 0 75.

51 Entrée d'un village.

Effet de neige. Toile, h. 0 20 — l. 0 25.

52 Un pont près d'un moulin à l'eau.

Effet de neige. Toile, h. 0 20 — l. 0 25.

53 Paysage. Toile, h. 0 12 — l. 0 24.

Un berger se repose aux pieds d'une paysanne.

54 Paysage. Pendant du précédent.

Rencontre de voyageurs à la porte d'une auberge.

55 **Paysage.** Bois, h. 0 29 — l. 0 32.

Il représente le parc d'une maison de campagne ; sur le devant sont deux chasseurs, l'un à cheval, l'autre à pied et chargé d'un lièvre.

56 **Vue d'un village flamand.**

Effet ce neige. Bois, h. 0 50 — l. 0 63.

57 **Paysage.** Bois, h. 0 30 — l. 0 40.

Quelques paysans dans un chemin. Ecole flamande.

58 **Paysage.** Toile, h. 0 48 — l. 0 53.

On y voit une rivière, des ruines, un lointain fort accidenté. — Genre flamand de l'époque des Breughel.

59 **Paysage.** Bois, h. 0 35 — l. 0 32

Des paysans déchargent une charrette dans un chemin creux.

60 **Paysage.** Effet de neige. Bois, h. 0 48 — l. 0 44.

61 **Cavalcade flamande.** Toile, h. 0 65 — l. 0 80.

Une société se promène au bord d'une rivière chargée de navires pavoisés. — Genre de Van Bloemen.

62 **Lisière d'une forêt.**

Esquisse signée H. L. Toile, h. 0 15—l. 0 25.

63 **Paysage.** Toile, h. 0 31 — l. 0 40.

Un pont en ruines à l'entrée d'un verger. Des pêcheurs à la ligne se voient sur le premier plan.

64 **Fête flamande.**

Sur le devant, des buveurs sont groupés autour d'une table. Bois, h. 0 37—l. 0 48.

65 **Paysage avec figures.** Toile, h. 0 80—l. 0 60.

Copie d'une toile de Berghem, gravée dans la galerie des peintres flamands de Lebrun.

66 **Intérieur.**

Vue de l'église des Jésuites d'Anvers, construite sur les dessins de Rubens. Toile, h. 1 30—l. 1 80.

67 **Intérieur d'une église hollandaise.**

On y voit contre un pilier, à gauche du spectateur, un groupe d'hommes et d'enfants.

Genre du peintre De Witte. Bois, h. 0 48—l. 0 35.

68 **Une marine.** Toile, h. 0 24 — l. 0 32.

69 **Portrait d'un prélat inconnu. XVIe siècle.** Cuivre, h. 0 16 — l. 0 12.

70 **Portrait de femme (XVIIe siècle).**

Elle se presse le sein et en fait jaillir le lait dans la gueule d'un petit chien. Bois, h. 0 20—l. 0 15.

71 **Quatre têtes de vieillards, formant pendants.** Carton, h. 0 18 — l. 0 14.

72 **Portrait de « Charles-Joseph, archiduc d'Otriche, frère de Léopold Ier, empereur d'Allemagne.** Cuivre ovale, h. 0 09 — l. 0 07.

Le cadre, en bois sculpté, est remarquable par les armoiries qui s'y trouvent.

73 **Tête de vieillard.**

Il est coiffé d'une toque à plumes et cache une main dans ses vêtements. Bois, h. 0 24 — l. 0 20.

74 **Tête de vieillard.** Pendant du précédent.

Il porte un gorgerin d'acier et une chaîne d'or.

75 **Portrait en pied d'un seigneur de la maison de Croy.**

Il est représenté en costume de chevalier de la Toison d'Or. Ses armoiries sont celles de Croy simples, d'argent à trois fasces de gueules. Bois, h. 0 45—l. 0 14.

76 **Portrait d'un autre seigneur de Croy.**

Son costume est le même, mais ses armoiries sont écartelées de Renty. Pendant du précédent.

Ces deux portraits formaient les volets d'un triptyque dont le panneau central est perdu. Le revers est peint en imitation de marbre.

77 **Panneau peint sur les deux faces.**

1° Saint prélat entièrement vêtu de blanc, tenant une croix pontificale d'une main et de l'autre un livre sur lequel il a les yeux fixés; il est accompagné d'un lion.

2° Religieux à genoux, la tête ceinte d'une auréole. Il tient un ostensoir et un livre; une colombe vient lui becqueter les lèvres. Sa tunique est blanche et son manteau noir, semé d'étoiles d'or, brodé d'un soleil d'or à la hauteur de la poitrine. Il porte au col une double chaîne d'or. Bois, h. 0 68 — l. 0 24.

78 **Tête de Vierge.** Toile, h. 0 45 — l. 0 35.

79 **Religieux tenant un crucifix qu'il embrasse.** Bois, h. 0 24 — l. 0 20.

Le cadre est en ébène incrusté d'écaille rouge.

80 **Portrait de femme.**

Elle tient de la musique. Pastel, h. 0 50—l. 0 45.

81 **Portrait de femme.** Toile, h. 0 85 — l. 0 65.

Son costume appartient au 17e siècle ; elle porte un collier de perles, un manteau rouge et une robe brune brodée d'or.

82 **Portrait en buste du gouverneur Magalotti (voir n° 174).** Toile ovale, h. 0 38—l. 0 32.

83 **Portrait de femme brune.**

Pastel, h. 0 60 — l. 0 50.

84 **Portrait de femme blonde.**

Elle tient un lapin. Pastel.—Pendant du précédent.

85 **Portrait d'un navigateur.** T. h. 1 00—l. 0 82.

Il porte le costume en usage vers le milieu du 18e siècle. Son habit est de velours rouge et sa veste de même couleur ; sur la table, une carte géographique déployée laisse lire ces mots : *Golfe du Mexique.*

86 **Un chevalier. — Etude.**

Il porte un hausse-col de fer et tient une hache d'armes. Toile, h. 0 70—l. 0 60.

87 **Portrait d'un peintre.**

Il porte une coiffure de nuit et une veste de satin noir. Du doigt, il indique une toile placée sur un chevalet dans le fond du tableau. Toile, h. 0 72—l. 0 70.

88 **Costume de femme en hiver, au XVIIIe siècle.** H. 0 25—l. 0 15.

89 **Trois enfants jouant avec un lion.**

Grisaille. — Bois, h. 0 28 — l. 0 28.

90 **Nature morte.**

Des crevettes sur un plat, pêche, vases d'or, etc. Ce tableau paraît avoir été coupé dans une composition plus étendue. Bois, h. 0 36 — l. 0 30.

91 **Nature morte.**

Une perdrix, un petit oiseau, des pèches auprès d'une touffe de violettes. Toile, h. 0 38 — l. 0 47.

92 **Débris d'un déjeûner.** Toile, h. 0 50 l. 0 45.

Des poires, du raisin, des nèfles, une huître, etc.

93 **Nature morte.**

Des fleurs, des fruits, un homard et des huîtres sur une table. H. 0 90 — l. 0 75.

94 **Sainte famille.** Bas-relief. — Marbre, h. 0 68.

La Vierge soutient l'enfant Jésus ; elle a près d'elle le jeune Saint Jean.

Cet ouvrage provient de l'abbaye de St-Amand ; il est attribué à Pierre Schleiff, sculpteur valenciennois.

95 **Plaque en cuivre gravée,** H. 0 80 — l. 0 49.

provenant du monument élevé à la mémoire de Louise de Milandonck, douairière d'Emmanuel de Croy, dans l'église paroissiale de Condé.

Deo. opt. max.

A la mémoire de très haute et très puissante dame Marie-Marguerite-Louise, née comtesse de Milandonck et du St.-Empire, marquise du Quesnoy, baronne de Pesches et de la souveraineté de Meyelle, dame de Cerfontaine, Romedon, Vogdele, Surice et de Bernissart, héritière du comté de Horn et des maisons de Milandonck, de Nieuvenaer, et de Brederode, issue des comtes de Hollande, douairière d'Alexandre-Emmanuel, prince de Croy et de Solre, grand veneur héréditaire du comté d'Hainaut, lieutenant-général des armées du Roy, etc.

Morte a Paris le XXIII aoust M.DCC.LXVIII, agée de LXXVII ans et trois mois environ, étant née a Pesches le 31 mai 1691. Elle n'a eu d'enfant que Emmanuel, prince, présentement duc de Croy, qui aurait désiré d'en faire transporter ici le corps auprès de son époux, mais comme la parfaite piété et humilité qui la caractérisait l'a engagée a demander à être enterrée simplement au cimetière du couvent du Bon Pasteur a Paris, ledit seigneur son fils, esclave des dernières volontés de sa respectable mère, l'y a fait déposer avec ses armes, comme étant la dernière de la maison de Milandonck et de son nom, au fond à droite, contre la petite chapelle du cimetière, et placer icy ce monument pour souvenir perpétuel. Son incomparable charité et bienfaisance luy avoient, avec justice, mérité la vénération et la reconnaissance des habitants de cette ville pendant sa vie, et les regrets infinis qu'ils ont fait éclater a sa mort.

Un de profundis, s'il vous plaît.

96 Deux petits tabernacles en bois de chêne sculpté.

97 Tuiles romaines.

98 Divers fragments de vitraux.

A gauche :

1. — La Vierge-mère dans une niche.
Grisaille avec ornements jaunes.

2. — L'orgie de l'Enfant prodigue. Dans le fond il est chassé ignominieusement.
Composition de forme ronde.

3. — Un saint tenant une lance.

4. — Divers fragments de rinceaux.

A droite :

1. — St-Pierre; fond rouge et bleu.

2. — Petit panneau d'armoiries.

3. — Le Christ en croix entre sa mère et Saint Jean.

4. — Saint Nicolas et les trois enfants. On y lit ce fragment d'inscription : « ..... Memoire de M....... u Pont pas....... de fera...... »

5. — Ornements divers.

Première vitrine.

1. — Vases et objets divers en porçelaine et en verre.

2. — Plat en faïence émaillée représentant une vierge. Genre de Bernard de Palissy.

3. — Un mamelouck. Statuette en bronze.

4. — Sept cachets en métal, entre autres celui de la collégiale de Condé, et un autre provenant de la famille de Lalaing. — Bulle en plomb. — Empreinte du scel échevinal de Condé.

5. — Christ en ivoire. — Statuettes de saints en bois.

6. — Médaillons divers en bronze, en cuivre et en fonte.

Seconde vitrine.

1. — Bacchus. Statuette en albâtre, h. 0 30.

2. — L'hiver, groupe allégorique en terre sèche par Fickaert. H. 0 33.

3. — Petit buste en terre sèche d'un personnage inconnu.

4. — Bacchanale. Bas-relief.
A gauche Silène ivre est soutenu par des satyres ; au centre une faunesse allaite ses petits, et plus loin d'autres faunes jouent de divers instruments. Terre cuite, h. 0 14—l. 0 33.

5. — Râpe à tabac sculptée, les figures représentent Adam et Eve.

6. — Saint Géréon. Bas-relief en pierre lithographique, travail allemand ; h. 0 20—l. 0 17.

7. — Planche en cuivre gravée représentant une Vierge avec cette inscription : *Sancta Maria virgo virginum, orate pro nobis*.

8. — Petit portrait de femme en costume de la fin du XVIe siècle. Cuivre, h. 0 6 — l. 0 5.

9. — Femme jouant de la guitare. Porcelaine.

10. — Diverses petites peintures.

11. — Coquille de pélerin gravée représentant une Vierge tenant un lys.

12. — Armoiries de la famille de Croy.
Bas-relief en marbre.

13. — Fragments de vitraux : le prophète Samuel ; un buveur flamand.

14. — Statuettes en bois représentant de saints personnages.

Troisième vitrine.

Coquillages; fruits étrangers; pétrifications.

Quatrième vitrine.

Coquillages ; pétrifications.

Cinquième vitrine.

Poteries antiques de toute provenance; fragment de mosaïque trouvé à Famars.

Sixième vitrine.

Armes de toute espèce. Cotte de mailles.

Septième vitrine.

Poteries romaines ; objets en bronze et en fer antiques et autres ; lampes de différentes formes.

Huitième vitrine.

Oiseaux empaillés.

Neuvième vitrine.

Oiseaux empaillés.

Grande armoire au fond de la galerie.

1. — Oiseaux empaillés de toute espèce.

2. — Quarante vases antiques en terre et en verre, trouvés à Famars, à Bavai, à Cantin et dans d'autres localités du Nord de la France.

3. — Poteries modernes de différentes époques ; grés flamands, vase de Bernard de Palissy, etc., etc.

4. — Tête d'ange en marbre.

5. — Groupe allégorique en biscuit de porcelaine.

Une muse, tenant un style et des tablettes, est debout sur un socle ; plus bas, quatre petites figures entrelacent des guirlandes.

6. — Le Temps arrachant les aîles de l'Amour. Groupe en terre sèche par Verboeckhoven, dit Fickaert.
H. 0 25.

7. — Groupe allégorique à la gloire de Napoléon Ier, par Fickaert.

Minerve, debout sur un rocher, soutient un médaillon à l'effigie de l'Empereur et tient à la main un rameau d'olivier. Près d'elle, l'aigle impériale semble vouloir s'élancer sur le Dieu de la mer qui fuit, traîné par des chevaux marins, tandis qu'à droite un petit génie perce d'une lance le léopard, emblème de l'Angleterre. Terre sèche, h. 0 45.

8. — Le Christ en croix. Gravure décalquée sur plâtre.

AVIS.

Tous les objets mentionnés dans ce catalogue ne sont pas exposés dans les salles du musée ; il en existe quelques-uns dans d'autres parties de l'hôtel-de-ville, savoir :

Dans la salle des Pas Perdus de l'ancien Tribunal, nos 3, 36, 110, 156, 213, 254, 255, 256, 257.

Dans l'antichambre en face du cabinet de M. le Maire, nos 35, 66, et les dessins inscrits sous le no 282.

Dans le dépôt du musée, nos 5, 222, 223, 237, 355.

Dans la salle des séances du Conseil municipal, nos 153, 378.

Au bas de l'escalier du secrétariat, no 401.

ERRATA.

Page 16, **72.** — Ce tableau provient de l'église St-Jacques et non de *la Chaussée.*

Page 17, **75.** — Lisez 73 bis.

Page 20, ligne 8.—Ces *trois* tableaux, — lisez *les deux premiers tableaux.*

Page 29, **135.** — Toile, — lisez *bois.*

Au même article ajouter :

135 bis. Marine.

Sur le devant on voit un grand navire pavoisé que suivent dans le lointain deux autres plus petits.

Toile, h. 0 47—l. 0 00.

Page 46, **201.** — Ce tableau n'est pas un morceau de réception ; il provient de la galerie d'un M. Dorgeville.

Page 51, **225**. — Cette peinture faisait partie de la collection du général Despinoy (n° 171 du catalogue). Elle est attribuée à Louis Carrache et passe pour être le propre portrait de ce peintre, né à Bologne en 1555, mort en 1619.

Page 47. — Les mots : *Ecole allemande, XVe siècle*, mis par erreur en capitales à la suite du titre, appartiennent au n° 207 seulement.

Page 94. — Ajouter aux additions :

458. — Pradier, Charles-Simon, né à Genève en 1786.

Virgile lisant son Enéide devant Auguste et Octavie. Gravure avant la lettre d'après le tableau de Ingres.

H. 0 57 — l. 0 46.

Donné par M. de Mathieu de Quenvignies.

Page 33. — Ajouter à l'article de M. A. de Pujol :

133 bis. — Le tonneau des Danaïdes.

Grisailles, h. 3 45 — l. 2 57.

Cette peinture, exécutée en 1836, figurait à l'expotion universelle de 1855 avec d'autres ouvrages du même auteur et l'ensemble de ces travaux valut à M. Abel de Pujol une médaille de première classe.

Acquis par la ville en septembre 1860.

Page 73. — Ajouter à l'article de M. G. Crauk :

340 bis. — L'Elégie.

Statue en marbre, h. 1 95.

Cette figure, exécutée à Rome en 1857, est le dernier envoi de son auteur, en qualité de pensionnaire à la villa Médicis. C'est un don fait par le gouvernement à la ville de Valenciennes, à l'occasion du 15 août 1860.

Page 88. — A ajouter :

441 bis. — Buste de l'abbé Sicard. Plâtre.

441 ter. — Buste de l'abbé de l'Epée. Plâtre.

Envois du gouvernement.

CPSIA information can be obtained
at www.ICGtesting.com
Printed in the USA
LVHW030144210323
742063LV00002B/746

9 783382 701345